哀しみに寄り添う

伊集院静傑作短編集

伊集院静

双葉文庫

目次

哀しみに寄り添う

伊集院静傑作短編集

扉絵　福山小夜

夕空晴れて

その声を耳にした途端、由美《ゆみ》はキャベツを刻んでいた庖丁《ほうちょう》の手を思わず止めた。内緒でかくしごとをしていたところを見つかって、うしろから背中を叩かれたように、どぎまぎした。

指先がふるえている。それが庖丁の先に伝わって、刃先が小刻みにゆれる。

「ねぇ、腹減っちゃったよ。まだ、飯《めし》は」

息子の茂《しげる》がダイニングテーブルを指で叩きながら言った。

今の声はさっきと違っていた。

由美は茂に気づかれないように、吐息をひとつついてから、

「もうすぐだから待ってて。手は洗ったの」

と明るく言った。

「うん？　何だって」

由美はその声にまた驚いて、茂をふりむいた。

息子が自分を見ている。たしかにそこにいるのは、少年野球のユニフォームを着た、わが子である。ヘッドスライディングでもしたのか鼻先と左の頬が赤くなっている。

「手は洗ったのって、言ったのよ」

茂は唇を突き立てるようにして、まだだけど、と言って風呂場の方へ面倒臭そうに歩いて行った。

水道の蛇口をひねる音がして、おざなりに手を洗っている気配がする。

「足も洗ってちょうだいね」

返事はかえってこないが、茂は由美に言われたことはちゃんとしてくれる。

十歳という年齢にしては、世間で聞くほど反抗的な態度もとらないし、身体も健康で助かっている。母子家庭の子供は何かと問題が起こりますから、と小学校に入学した時に担任の女教師から言われたが、今のところはそんな様子もない。

茂に夕食を食べさせてから、由美は仕事部屋に入って、明日の午後までの注文のセルの色塗りをはじめた。

今色付けをしているのは、どこかの官庁のPRフィルムのアニメーションである。ウサギの耳にピンクの影をつけながら、障子越しに息子の気配をうかがった。テレビの音は聞こえるが、ニュースキャスターの声である。

——眠ったのだろうか。

作業の手を止めて、障子をあけた。やはり、テレビの前で横になっている。由美はテレビのスイッチを切って、首をかしげるように眠っている茂の顔を眺めた。夢でも見ているのだろうか、ちいさな鼻にしわを寄せている。男の子にしては少しまつ毛が長過ぎる……。鼻は私に似て、目は悟《さとる》に似た。

——猿みたいだったよ。

中央病院で茂を出産した直後、夫の悟は言った。そういう言い方しかできない人だったが、そんなところが安心できる人でもあった。

悟が癌で亡くなってから、五年になる。

——なんだか、この頃飯を食べると喉につっかえてね。

——病院へ行ったら?

——そうだな。まあしかし健康だけが俺の取り柄だしな。たいしたことはないだろう。

半年して病院へ行った時は身体中に癌巣は転移していた。手術をして一ヶ月後、夫は息を引きとった。呆気なかった。つい二ヶ月前まで、休日にはゴルフに出かけたり会社の野球大会に出ていた夫が、目の前の棺の中に眠っていて、何がどうなってしまったのかと思っているうちに、納骨も終わり、息子と二人の暮らしがはじまっていた。

哀しみがやってきたのは、半年も経ってからである。なんでもない時にふいに背後から両手で包まれたように悟のことが思い出された。元々子供の時分から、おっとりし過ぎていると母に言われていたから、哀しみもやって来るのが人より遅いのだろうと思った。

しかし、涙に暮れるようなことも永続きはしなかった。茂をかかえて暮らして行かなくてはならなかった。浜松の実家へ戻ることは簡単だったが、悟と出逢って共に暮らしたこの町と家を離れることができなかった。離れてしまうと自分がどこかへ消えてしまうような怖さがあった。

茂を起こして寝室へ行かせた。

「明日は試合だからね……」

寝ぼけまなこで息子は言った。

「そう、頑張ってね」

うなずいている息子は別の世界にいる。由美は仕事部屋に戻らないで、ダイニングチェアに腰を掛けた。

窓の外から、すぐそばを走る湘南《しょうなん》電車の通過する音が聞こえる。コーヒーをいれた。コーヒーメーカーのプップツと湯の沸く音と、豆の匂いが部屋に漂った。ぼんやりと窓の外を眺めた。

夕刻、茂が帰って来るなり椅子に座って、

「ああ腹減った。飯」

と言った時、それが夫の悟の言い方と瓜ふたつだった。思わず庖丁の手が止まった。

——まさか……。

と思うのだが、ふりむくと悟がそこにいるような錯覚が、近頃茂のなんでもない口のききかたや仕種《しぐさ》に現われる。数ヶ月前まではなかったことである。

「うん？　何だって」

この言い方も似ていた。似ていたというより、そのままなのである。

忘れようとして忘れられたと思っていたものが、探しものが天井から落ちてきたように手のひらにこぼれてくる。その重さも肌合いも五年という歳月がまるで何もなかったかのように鮮明に現われる。そんなことが近頃息子の周辺で起こる。

「ああ、そうだ」

由美はつぶやいて立ち上がると、和室へ行って茂の野球のウェアーを揃えはじめた。アンダーストッキングにアンダーシャツ、ユニフォームの上下……揃えているうちに、一ヶ月程前に茂には内緒で彼の野球の試合を見に出かけた時のことが思い出された。

その日はダブルヘッダーで試合があると聞いていた。由美は午前中の試合を見物に出かけた。

川の堤沿いの道を七月の風に吹かれながら歩いていると、こうして天気の良い日に野球場へ出かけるのもずいぶんひさしぶりのように思えた。悟と出逢った頃、よく彼の野球の試合を見物に行った。由美は悟の野球をしている姿を見るのが好きだった。ユニフォームを着てグラウンドにいる悟は、野球をすることが楽しくて仕方がないという表情をしていた。活《い》き活《い》きとして、のびやかな悟の気持ちがスタンドにいる由美にも伝わった。

試合はもうはじまっていた。

一塁側のベンチが茂のチームのいる場所だった。由美は三塁側のスタンドのうしろに生えていた欅《けやき》の木の陰に立った。

見慣れたユニフォームがダイヤモンドのポジションについていた。茂はその九人の中にはいなかった。意外だった。いつもフィールドの中にいる悟の野球を見ていたので、息子がベンチにいるとは思ってもみなかった。

ベンチに残っている十数人の控えの選手の中に茂はいた。一番片隅に頬杖をついて、グラウンドを見ていた。ゲームを見ているという感じではなかった。遠目ではあったが、茂の表情は家の中でずっと由美が見てきたものとはまるで違っていた。

そのうちに出番が回ってくるのだろうと、由美は息子のプレーぶりを期待して、そこにいた。一時間もしないうちにゲームは終わった。ゲームが終わると、茂はグラウンドを整備する木製のT字棒をかかえて、由美のいるそばのサードのポジションを整備しはじめた。由美は自分の姿を見つけられるのではと身をかがめた。そっとのぞくと、茂は黙ってグラウンドの凸凹をなおしていた。時々小石を見つけて放り投げる。それは決して喜んでやっている作業には見えなかった。胸のどこかが痛くなるような気がした。

昼食の時間になって茂たちは外野の芝生で食事を摂《と》りはじめた。横浜まで約束の届け物があって、もう行かなくてはならない時間だったが、由美はそこを立ち去れなかった。

茂が選手たちの間を薬缶《やかん》をかかえてお茶を注いで回っていたからだった。

——どうして茂だけがあんなことをやらされているのだろうか。

そう思うと、選手の輪の中心に座って弁当を食べている監督らしき大きな男に腹が立ってきた。

——野球をさせに行っているのに、何の理由であんな小間使いのようなことをさせられなきゃいけないの。

時間がぎりぎりになって、由美はグラウンドを出た。堤の道を歩いていても納得が行かなかった。

「何よ、あの男は。監督か何か知らないけど、子供にあんなことをさせて」

早足で歩きながら駅まで行くと、やはり茂のプレーぶりを見ておきたい気がした。駅前の公衆電話でアルバイト先に電話を入れ、夕方まで待って欲しい、と頼んだ。

グラウンドに引き返すとちょうど第二試合がはじまるところで、二列に整列した子供たちが審判とホームベースをはさんで挨拶をしていた。気がつかなかったが、茂はチームの中で二番目にちいさい選手だった。

まだ四年生だもの仕方ないわね……由美は自分に言い聞かせるようにつぶやいた。

初回は茂のチームが攻撃だった。見ると茂はグローブを手にそわそわとしていた。

——出場するんだわ。

由美は胸が高鳴った。

一回の攻撃が終わって、茂が立ち上がった。

——茂、頑張ってね。

しかし息子はグローブを持って駆け出すと、最後の打者にそれを渡しに行った。グローブを受け取った子供はそのことが当然のような顔で守備位置についた。由美は落胆した。バットを片付けている息子を見ていて、可哀相になった。ベンチの中央に座っている監督が一層いまいましく思えた。

——何よ、たかが少年野球じゃないの。そんなにゲームに勝ちたいの。

由美は木陰から眼鏡をかけた大男を睨みつけた。そう言えばなんとなく意地悪そうな顔をしているように見える。

それでもどこかで茂がプレーをする順番が来るだろうと由美は待っていた。

だが、とうとう最後まで茂がプレーをすることはなかった。

由美は横浜まで届け物をしに行く電車の中で今日見た茂の姿を思い出した。ベンチで頬杖をついていた目、グラウンドを整備しながらうつむいていた横顔、薬缶を手にしてお茶を注いで回っていたうしろ姿……。浮かんできた光景はどれもひどく、息子だけが辛《つら》い立場にいるように思えた。

「な、な、そうだろう」

「うそ、ほんとにか、見せてみろよ」

「わあ、すげえ、ほんとだ」

顔を上げると目の前に塾にでも出かけるのだろうか、男の子が三人で話をしていた。三人並んだ真ん中の子が手にしているゲーム機に顔を寄せ合って笑っていた。歳からすると茂とあまり変わらないような気がした。皆楽し気であった。

この子たちが今時の普通の子供の姿ではないかと思った。

男親がいないというのは、やはり子供をどこか卑屈にするのだろうかとため息がこぼれた。

届け物を終えて家に戻ると、茂はベランダに出て外を見ていた。

――もう野球はやめようかな。

そんなことを茂が言い出しそうな気がした。ちいさな背中が住宅街に沈んで行く夕日に消え入りそうに見えた。夕焼けの雲までがひどく哀しい色に映った。

「遅くなって、ごめんね。すぐに夕食の支度をするわ。今日はママの仕事が上手《うま》く行ったからご馳走をこしらえるからね」

「うん」

茂の返事は元気がないように思えた。

野球のことは口にしない方がいいと思ったが、ついいつもの口癖で、

「ねえ、今日のゲームはどうだった？」

と言ってしまった。

「一試合目はエースの調子が悪くてね。でもね、午後からの試合は七対一だよ。あん

な試合がいつもできればいいんだ」

と嬉しそうに言った。

由美は息子の顔を見つめた。

そう言えば、野球の話をする時の茂はいつも本気で喜んでいたりくやしがっていたりしていた。

――よほど野球が好きなんだ。やっぱり父親に似たんだ。

しかし由美はグラウンドでの茂の姿を見てしまった今、少年野球に入部してからのこの一年間、彼がずっとどこかで無理に野球好きの子供を演じていたのではないかと思えた。

その演技が由美に対しての気遣いであったのなら、無神経な会話を続けていたことになる。

――なんて鈍感だったんだろう。

その夜、食事をしながら、由美は茂の口から本心を聞き出したくて、さり気なくチームのことや野球の話を茂にした。

「野球の調子はどう?」

「まあまあさ」
「そう、バッティングの方はどう」
「少しだけど、カーブが打てるようになったんだ」
「カーブって」
「曲がってくるボールだよ」
「打つのにむずかしいわけ」
「ストレートと違って、スピードも少し違うしね」
「大変ね」
「練習すれば打てるようになるんだ」
「ああ、教えてもらうわけね」
「そう」
「どんな監督さんなの」
「怖いけど、いい人だよ」
「昔野球をやってた人なの」
「うん、プロ野球にもう少しで行けそうだったんだって」

「自分でそう言ってたの」

「違う。佐々木《ささき》さんがそう話してくれた」

「佐々木さんって誰」

「会長さんだよ」

「会長さんがいるの」

「前に話したじゃないか、佐々木さんが僕をチームに入れてくれたって」

「ああ、そうだったわね」

「なんでそんなこと聞くの」

「ううん、なんとなくね」

自分の顔をじっと見つめる茂の顔を見て、由美はあわてて目の前のスープに目を落とした。

茂の野球のことがその日以来頭を離れなかった。グラウンドへは行けなかったが、息子がどうしてそんな辛い立場の場所へ毎日出かけるのか由美には理解できなかった。

気になっていることがひとつだけあった。それは茂が突然野球チームに誘われたんだと嬉しそうな顔で由美に言ってきて、由美が茂と二人で横浜へグローブやユニフォームを買いに出かけた時のことだ。

「ねえ、一度男の子がやるんだって決めたんだから、絶対に途中でやめては駄目よ。パパの大好きだったスポーツだからね」

ダイニングに真新しいユニフォームを着て立っていた茂に由美は指切りまでして約束させた。少年野球くらいと思っていたが、デパートで一式を揃えたら思っていたより高くついたことも、息子にそう約束させた原因だった。

――あの日の約束のためにずっと辛いことを我慢しているとしたら……。

しかし息子は学校から帰ると、すぐにユニフォームに着換えて家を飛び出して行く。

それが由美にはよく理解できなかった。

コーヒーを飲みながら、

――ひょっとしてあの日だけ茂はメンバーから外されていたのかもしれない。

と思いはじめた。

――明日、もう一度見に行ってみようかしら。

由美はウサギの耳を描き終えて、今度は目に色付けをはじめた。

――今夜はちょっと無理して、徹夜をしてしまおうか。

そうしたら午前中に仕上がったものを届けて、午後の試合は見に行ける。由美は背筋を一度伸ばしてから、ヨシッ、と気合いを入れてセルにむかった。

グラウンドには一ヶ月前に見に来た時よりも大勢の子供たちがいた。夏休みに入ったということもあるのだろうが、大人たちの数も先日来た時より多かった。

由美は息子のチームのユニフォームを探した。チームはグラウンドの外にあるちいさな空地にいた。

茂の姿が見えた。キャッチボールをしていた。試合前のウォーミングアップというところなのだろう。茂のキャッチボールの相手はひどく小柄な子だった。キャッチボールをしていて、その子の投げるボールがしょっちゅう外にそれて、その度に茂がボールを拾いに行っている。茂の投げるボールは山なりだけど、ちゃんと相手の子に届いている。

——どうしてあんな子とキャッチボールをするんだろう。

しかしグローブを手にしてボールを投げている息子の姿は雑用をしている時より少

しまぶしく見えた。

試合がはじまった。また茂はベンチにいる。由美は眉間にしわを寄せた。もし今日もずっとベンチにいるようだったら茂に、

――無理をして野球に行かなくてもいいのよ。

と話してやろうと思った。

バットを片付けて、ヘルメットを並べて、グローブをレギュラー選手に運んでいる。ゲームの間中ずっと茂はそれを続けていた。

――そうだ、あの監督に茂がどうして一度もゲームに出してもらえないのかを聞いてみよう。

由美はその方が先決だと思った。ベンチの中央に座っている監督の顔を見た。この間見た時より若く見える気がした。

隣りにスーツを着た老人がステッキをついて座っていた。

――あの人が茂の言っていた佐々木さんという会長さんだろうか。

好々爺《こうこうや》といった感じだった。人の好さそうな笑顔をしている。

――あの人に話してみた方がいいかも知れない。あの人なら私の言ってることもわ

かってくれそうだ。

その時、茂が監督に呼ばれた。

茂は帽子を脱ぎ直立不動の恰好で何か話を聞いていた。大声で返事をしている息子の声が由美のところまで届いた。

――叱られているのだろうか。

茂は帽子をかぶると、急に身体がはずんだように、バットケースのある場所へ行き、バットを取り出してスイングをはじめた。

――やった、とうとう出番が回ってきたんだわ。

由美は大声で息子の名前を呼んで応援してやりたかった。

――どうか神様、茂にラッキーを与えてやって下さい。

由美は両手を合わせて胸の中で祈った。野球のルールのことはよくわからなかったが、守備についている茂のチームが攻撃になったら、きっと茂がバッターとして登場するのだろう。

ところが相手チームのバッターが三振をすると、ベンチにいる全員が立ち上がって拍手をした。ゲームセット、と審判の声が響いた。

――なんだったの、今の茂のバッットスイングは……、まさか子供を騙《だま》してるんじゃないでしょうね。

由美は自分の頭に血が昇って頬が熱くなって行くのがわかった。茂の様子はどうだろうかと見ると、もうグラウンド整備のT字棒を持って走り出している。

――ひどい連中だわ。

由美は無性に腹が立った。このまま監督のところへ行って話そうと思ったが、茂の手前それはできない。茂の姿を見るのが辛かった。

選手たちは監督の回りに円陣になって大声で返事をしていた。由美はその選手たちから少し離れた場所に、ひとりの女性が立っているのを見つけた。チームの誰かの母親のようだった。選手たちは監督に丁寧にお辞儀をすると彼等だけでまた円陣を組んで話をしていた。

その女性に先刻の老人が近づいて挨拶をしていた。監督も帽子を脱いで頭を下げていた。

――きっと誰かレギュラー選手の母親に違いない。あの二人に取り入って上手くやっているのだろう。

選手が解散すると、茂たちはそれぞれが道具を手にしてグラウンドの脇に停車してあったライトバンに道具をしまっていた。

茂が帰り際にその女性に声をかけられている。茂は帽子を脱いで頭をペコリと下げて、女性が手を引いた少年に手を振った。その少年は先刻茂とキャッチボールをしていた少年であった。

茂が急に走って、由美のいる欅の木の方へむかってきたので、あわてて彼女はグラウンドを去った。

堤と逆方向へ歩いて行くと、前方にあの女性と少年が並んで歩いていた。

近くで見ると、女性の髪には白いものが目立っていた。少年は彼女の子供ではない気がした。

「あの……」

由美は女性に声をかけた。

「はっ、何でしょうか」

ふりむいた女性はやはりかなり高齢に見えた。

「つかぬことをうかがいますが、お子さまは宮町の少年野球チームに入ってらっしゃいますよね」

「ええ、そうですが。孫がお世話になっています。それが何か?」

「実はあのチームの監督さんにお逢いしたいと思いまして」

「そうですか、お子さんが?」

「ええ、そうなんです」

「なら、今ちょうどいいんじゃないかしら」

「何がですか」

「実は孫が今日で宮町ロビンスをやめなくてはならなくなりまして」

「はあ……」

「とってもいい監督さんですよ。冷泉《れいぜい》さんとおっしゃって、宮町の商店街の外れで牛乳屋さんと煙草屋さんが一緒になった家ですわ。うちの孫は本当はチームに入るのには年齢不足だったんです」

「年齢制限があるんですか」

「ええ、小学校の四年生にならないと入る資格がないんです。試験もあるんですよ。でもうちの子は特別でね、助かりました」

「おばあちゃん、ほらおじいちゃんが迎えに来てる」

少年は通りのむこうから手を振っていた老人にむかって走り出した。

「ジロー君、車に気を付けるのよ」

彼女は心配そうに少年の姿を目で追っていた。

「あの子の両親は去年事故で二人とも亡くなってしまいましてね。私たち二人ではこれから先あの子を育てるのは無理なので、親戚へ預けることにしたんです。半年の間でしたけど、あの子が私たちのそばに居てくれたのは宮町ロビンスのおかげなんです。冷泉さんに事情を話したら特別にチームに入れてもらえたんです。ぜひお逢いになってみるといいですよ。本当にいい方です。では失礼します」

老婆は老人と孫の待っている方へ歩いて行った。三人は由美の方をむいてかすかに会釈をした。少年が帽子を振っているのが見えた。由美も手を振った。それから腕時計を見て、あわてて家の方にむかって歩き出した。

その夜お茶を飲みながら茂と話をした。

「どうだったの試合は?」

茂は白い歯を見せて、右手でVサインを二回くり返した。

「どういうこと、そのサインは」

「朝の試合も、午後の試合も勝ったんだ」

「へえ、よかったわね。強いのね、宮町ロビンスは」

「強いさ、けどもっと強いチームもあるんだよ。でも監督さんがもうすぐ宮町ロビンスは強いチームになるって言ってた」

「練習をよくやってるもんね」

「うん」

「野球って面白い」

「うん」

「カーンってホームランなんか打てちゃうと、しあわせだなあ、って感じるのかな」

「わかんないよ、打ったことないから。でもきっと、メチャクチャ嬉しいだろうね」

「選手はたくさんいるの？」

「今は二十六人かな……。今日ひとりやめちゃったんだな、ジロー君が」

「やめる子もいるんだ」

「外《ほか》の町へ行くんだって」

「そう、いい選手だったの」

「チビッ子だよ」

「チビッ子？」

「うん、本当はチームにはまだ入れない二年生だったんだけど」

「二年生は入れないの」

「うん、僕だって特別だったもの」

「どうして」

「わかんないよ。佐々木さんが入ってもいいって言ってくれたんだ」

茂の目がまばたきをして、何か別の自分の姿を思っているように見えた。

辛いんではなかろうかと思った。

「ねぇ、パパはどんな選手だったの」

急に茂が夫のことを聞いてきたので、由美は驚いた。

「見たことあるんでしょう、パパの野球」

「あるわ。パパはピッチャーをしていたし、時々三塁のところを守ってたな」

「サードだよ。知ってるよ」

えっ、と由美は茂の言葉に目を丸くした。

「ママ話してあげたっけ」

「違うよ。監督さんから聞いたんだ」

「どこの」

「チームのさ」

「監督さん、パパのこと知ってるの」

茂は嬉しそうにうなずいた。

「おともだち」

茂がまたうなずいた。

「そうなの……」

夜半仕事をしながら、由美は冷泉という名前に憶えがないか考えてみた。思い出せなかった。結婚前と結婚をしてから悟が紹介してくれた男友達の顔や名前を思い浮かべたが、冷泉という名前も、あんなに大きな身体をした人にも記憶がなかった。

それに佐々木という老人はどうして茂をチームに入れたのだろうか。

ジローという子は両親が亡くなったと言っていた。あの少年に比べると茂には自分がいる。しかし由美はなんとなく悟が生きていてくれたら、茂が雑用をやらされなくて済むような気がした。

翌週、浜松にいる母から手紙が届いた。

手紙には、女手ひとつで子供を育てるのも大変だろうから、そろそろ再婚のことも考えてみてはどうかということと、浜松の方で自分に合いそうな相手がいるのだが一度逢ってみる気はないか、という内容が綴ってあった。

こんな内容の便りを母がよこしたのは初めてのことだった。

悟が亡くなった時も、浜松の実家へ帰って来て欲しいと母は懇願した。由美はどうしてあの時この町を離れることができなかったのかわからない。今でこそ東京のベッドタウンとなって、新しい住宅地がどんどん開発され大きな田園都市のようになっているが、由美が初めてこの町の小学校の教師として赴任してきた時は、まだ雑木林ばかりが目立つ田舎町だった。

浜松を出たのが十八歳の時で横浜にある美術短大へ行った。教職免状を取って探した学校が自分の希望した横浜と違ったが、緑の多いのどかな町はなんとなくのんびり屋の自分に合いそうな気がした。

この町で悟とめぐり逢って、恋をして、結婚をした。

茂がよちよち歩きをしはじめた時、

「こいつ野球をするようになるかな」

と悟は言った。

「野球をさせたいの？」

「どっちでもいいけどな。キャッチボールくらいはしたいな」

「それが夢なわけ」

由美は茂にボールを投げるふりをしていた悟を憶えている。

もうこの町に由美がいる理由が特別あるわけではなかった。

茂が野球の練習へ出かけた後で由美は浜松の実家へ電話を入れた。父が出た。

「元気でやっとるのか」

「ええ、父さん、肝臓の具合はどう」

「相変わらずだ。茂は元気か」

「ええ、今日も早くから野球の練習に行ったわ」

「そうか、少年野球はこっちにもたくさんチームがあるぞ」

「そうね」

父は由美たちに帰って欲しいことを遠回しに言っている。母に替わった。

「元気でやっとる？」

「ええ、手紙読んだわ」

「どうね」

「少し考えてみるわ」

「そうしてくれると嬉しいがね」

「母さん、元気」

「私は変わりはない。父さんがちょっと暑くなってからね……」

「そう、お盆には茂を連れて帰るわ」

「父さんが喜ぶわ」

電話を切ってから、由美はふいに淋しさを感じた。理由はわからないのだが、自分ひとりがどこか意固地になって生きているような気がした。自分はひとりなのだ、と思った。茂はいるのだけど、女として淋しい日々を送っているように思えた。悟が死んでからの五年間、何かの拍子に頭をもたげそうになる孤独に由美は知らんふりをして生きてきた。

近頃、茂の声や仕種に悟のことを思い起こすのは、きっとその淋しさが出ているに違いない。

「実家へ帰ろうか」

口にすることを避けていた言葉が洩れた。その方が茂の将来のためにもいいかも知れない。今なら再婚もできるだろう。

天竜川や浜名湖を茂に見せてやろう。野球場だってあるし……。

——少年野球はこっちにもたくさんチームがあるぞ。

今しがた父の言った言葉が浮かんだ。

あの少年だって、新しい町できっと野球をするに違いない。

「そうだわね。あんな監督の下で野球をやるよりは、茂が自由にダイヤモンドの中を走れるところの方がいいかもね」

由美はテーブルの小鏡に映っている自分の顔を見つめた。

「早くしないと、おばあちゃんになってしまうものね」

夕刻銀行へお金をおろしに行って宮町の通りで買物をした。通りを歩きながら、この町も昔とずいぶんと変わったとあらためて思った。

〝冷泉牛乳店〟と看板が見えた。

――ここか、茂のチームの監督の家は……。

由美は店の前に立ち止まって、中の様子をうかがった。間口の三分の一は煙草屋になっていた。店番は誰もいない。牛乳店の方も大きな冷蔵庫とプラスチックの容器ケースが積んであるだけで人の気配がしない。

「何か」

背後で男の声がした。ふりむくと前掛けをした大きな男が由美の顔を見て立っていた。

――この人だ。

「牛乳ですか」

「いいえ、私、小田《おだ》と申します」

「はあ……」

「あの小田茂の母です。いつも息子がお世話になっています」

「そうか、小田君のお母さんだ。どこかで逢った人だと思いましたが、人の憶えが悪くてすみません」

「私、お逢いしてませんけど」

「いいえ、小田先輩が入院なさってる時に一度、それからお葬式の時に」

「そうでしたか、申し訳ありません」

「自分も今みたいにこんなに太っていませんでしたから……何かご用事ですか」

「……ちょっとお聞きしたいことがあったんです」

「そうですか、なら奥へどうぞ、立ち話もなんですから」

「いいえ、それほどのことでもないんです」

「ああ、そうですか、じゃ、そこの公園にでも行って話しましょう」

由美が公園で待っていると、前掛けを外した冷泉が急ぎ足でやって来た。

「すみません。おふくろがもう耳が遠くて、ちょっと出かけると説明するのが大変なんです」

「よかったんですか、店を放ったままで」

「牛乳屋は朝で仕事の半分は終わるんですよ。おやじの代の時のようにいろいろはやってませんから……、で、お話と言うのは」

こうして間近に冷泉に接してみると、由美は自分が考えていた印象と彼が違った人柄のように思えてきた。

「親馬鹿だと思うんですが、実は私、先月から二度ばかり息子の野球の試合を見物に行ったんです」

「お見えになってたんですか。ベンチの方へ来て下さればよかったのに」

「いえ、仕事へ出かける前にちょっとのぞいただけですから……。それで私息子の野球を見ていて」

そこまで言って、由美は言葉を切った。

「で、何ですか」

「ごめんなさい。息子は毎日野球に行くことを私の目から見ても、とても楽しみにしていました。きっと野球が面白くてしようがないのだと思っていましたから、どんな野球をしているのかと思って出かけたんです。そうしたら息子は試合にも出られず、バットを片付けたりグラウンドの石を拾ったりと、なんだか息子が可哀相になりまして……」

「そうでしたか……」

冷泉はシャツのポケットから煙草を出して火を点けると、

「そうでしょうね、奥さんがおっしゃることよくわかりますよ。私もずっと野球をやっていたんですが、私の野球に対する考えも奥さんと同じだったんです。私は子供の頃から野球選手になることだけが夢だったんです……」

と煙りを吐き出しながら話をはじめた。

「――幸い親からもらった身体も同じ歳の連中より大きかったですし、好きだったスポーツだから上達も早かったんでしょう。高校へ入った時はもうプロ野球へ行くことしか考えていませんでした。私が一年生で野球部へ入部した時のキャプテンが奥さん、あなたのご主人だった小田先輩です。小田先輩も神奈川県下では指折りの投手でした。でも先輩はエースの座を監督さんに話して私に譲ってくれたんです。私は一年生ですぐマウンドに立ちました。スピードはあったのですが、どうも頭《ここ》が悪くて一年の時は先輩に迷惑をかけました」

と太い指でこめかみをさして笑った。

「――夏の甲子園地区予選を三回戦で敗れた後で、先輩が私を呼んで『冷泉は将来プロ野球へ行きたいのか』って言われたんです。私がそうですと返事をすると『おまえならきっとプロの選手になれるよ、がんばれ』と言われてから最後に『冷泉、野球ってスポーツはいいだろう。俺は野球というゲームを考え出したのは人間じゃなくて、人間の中にいる神様のような気がするんだ。いろんな野球があるものな。おまえにもそのことをわかって欲しいんだ。自分だけのために野球をするなよ』って……、何か変な事を言う人だなって、その時は思いました。正直に言うと、自分にエースの座を奪われたくやしさを最後に話して行ったんだろうかって。私は甲子園へ行くことができずに、ノンプロチームに入りました。そこからプロ選手を目指しました。ところが二年目につまずきました。それでもなんとかプロへと三年頑張りました。プロのスカウトも様子を見に来てくれました。しかし上手く行きませんでした。野球以外は何もできない人間でしたから、遊ぶようになって、半分グレたような暮らしになりました。そんな時に先輩が訪ねて来ました。『帰って来い冷泉、田舎へ帰ってまた野球をやろう』と言われました。野球はもういいですよって、私が言ったら『そうだろう、つまんない野球はもうやめろ。神様がこしらえた野球をやろうや』と笑って言われました。それから半年、先輩の言ったことを考えて、田舎に戻って来たんです。高校の監督も三年やらしてもらいました。甲子園へは行けませんでしたが、それだけが高校野球ではないこともなんとなくわかりました。そして何より楽しかったのは先輩たちとやった草野球でした。自分はもし先輩に逢うことがなかったら、きっとつまらない野球をした男で終わっていたでしょう。そんな野球と出逢えてから、この町がひどく好きになったんです」

冷泉は空を流れる雲を眺めながら話を続けた。

「先輩に病室に呼ばれたのは、手術が終わってから二週間たった時でした。自分には先輩はひどく元気そうに見えました」

冷泉が言っているのは悟が手術後二週間して一度驚くほど回復した時のことを言っているのだと由美は思った。

「先輩は自分に『俺の息子がもし野球をしたいと言いはじめたら、冷泉、おまえが教えてやってくれ』と笑って言われました。私は先輩の息子だとおっかないと言って、先輩が教えた方が上達しますよと答えました。『冷泉、おまえの野球にはもう神様がついてるよ。頼んだぞ』って手を握られました。その時自分は先輩の身体がそんなだったとは気づかなかったんです。つくづく自分は馬鹿だなって思いました。いつもあとになって、わかるんですから……」

冷泉の目がうるんでいた。それよりもスカートを必死で握りしめて涙をこらえていた由美の手の甲に大粒の涙が堰《せき》を切ったようにこぼれ落ちた。

「かんべんして下さい、奥さん。辛いことを思い出させちゃって」

「す、すみません……」

言葉は嗚咽《おえつ》にしかならなかった。

「すみませんでした。何も知らないで」

「もうすぐですよ。もうすぐ小田三塁手もゲームに出られるようになります。先輩の話をすると小田君は目がかがやきます。佐々木さんが『小田は目がいい』と誉めていました。会長さんですがね、先輩に野球を教えた人です。名選手にならなくったっていいんですよ。自分のためだけに野球をしない人間になればいいと思っています」

由美は立ち上がって冷泉の前に起立すると、

「本当にすみませんでした。茂をよろしくお願いします」

と言って公園を飛び出した。

茂が楽しみにしていた日曜日のゲームが雨で中止になった昼下り、由美はベランダにもうひとつテルテル坊主を吊して、仕事部屋でセルの色塗りを続けた。

――ベースボールというのは人間にいろんなことを教えてくれるものです。いい息子さんだ。

挨拶に行った時の佐々木の顔が浮かんだ。

――私は小田悟のベースボールが好きでね。

しわがれた老人の声はそのまま父の声に変わった。

――そうしたいのなら仕方あるまい。

盆に実家に帰った時に父はそう言った。父は退職金の一部であろう金を黙って由美に差し出した。

雨雲は少しずつ海の方へ流れていた。

「ちぇ、今頃になって雨がやんだよ」

ベランダの方から茂の声が聞こえた。由美は仕事の手を止めて障子を開けた。雲の切れ間から、九月の夕日がベランダの手すりに頬杖をついている茂の身体をつつんでいた。ひとつ夏を越えると、息子の背丈が少し伸びたような気がした。

「本当に晴れたわね」

由美の声にふりむいた茂の顔にうらめしそうな表情が残っていた。

「ねえ、ママとキャッチボールしようか」

「本当に、ママ、キャッチボールできるの」

「できるわよ。パパからの直伝《じきでん》ですもの」

「よし、なら外へ行こうよ」

茂の声がはずんだ。

「よし、そうしよう小田三塁手」

二人は堤の道を歩いて河原に行った。

「行くよ」

「いいわよ」

素手で受けてみると思ったより茂の投げるボールは重かった。

「痛い」

「グローブを貸そうか」

「平気、平気」

手のひらの痛さは息子の重さだと思った。

それでも茂はグローブを渡してくれた。

「いいのよ、そんなにやさしく投げなくったって」

「いいよ」

やさしい子なのだと思った。とんでもない場所へ由美がボールを投げてしまっても茂はそれを走って拾いに行き、やわらかなボールを返してくる。それがどこか頼もしくて、無性に嬉しかった。

茂のボールを取りそこなって、由美は草むらを走った。草の中の白いボールを拾おうとした瞬間、

——いつかこいつとキャッチボールができるかな……。

その言葉はふいに由美の耳の奥に聞こえてきた。甘い匂うようなささやきだった。

由美は思わずボールを持ったまま空を見上げた。

「どうしたの、ママ」

そこには青空が鰯雲《いわしぐも》を西へ押しのけながらひろがっていた。空がふくらんでいるように思えた。どこかで草が風に鳴る音がした。すると雨垂《あまだ》れがひと粒頬に落ちてき

たように冷たいものが目尻から耳たぶにこぼれた。

「どうしたの、ママ」

「なんでもないの」

由美はグローブで濡れた頬をぬぐうと右手をぐるりと一周回してから、身構えている息子にむかって、笑いながら白球を投げた。

くらげ

「駄目よ修《おさむ》ちゃんは、もっと遊ばないから、奥さんに先に遊ばれちゃうのよ」

「じゃあママが俺と遊んでくれるのかよ」

「私と修ちゃんじゃあ、笑ってばかりで恋愛になりっこないでしょう」

「………」

カウンターの隅《すみ》に座った常連客らしい男が酔いどれて、公子《きみこ》をじっと見返したままでいる。

「嫌だわ、そんな目をしちゃ、なる実もならなくなるわよ」

「やっぱり俺をからかってるんだ」

「そんなことはありません」

ふくらませた公子の顔が、子供のような表情になり、その仕種《しぐさ》には昔の面影があった。しかし久しぶりに逢う彼女は以前とどこか違ったように思えた。

公子の新しい店は繁盛《はんじよう》していた。

「しばらくこっちにはいるの？」

公子は私のビールをつぎながら言った。

「もう二日くらいかな……」

「競輪なんですってね」

「どうして知ってるの？」

「うちの店に、市役所の競輪局の人が見えるの。その時、あなたの話をしてたから」

「……」

「珍しい名前だもの」

背後のドアが開いて、客が入って来た。

「××さん何人？　六人なの、ごめんなさい。少し回って来てよ」

公子は両手を合せて拝むような恰好《かつこう》で愛想笑いをした。

どこが変わったのだろうか。以前もこんなふうに明るかったが、目の前の公子には、その頃感じられた、どこか無理をしているような明るさがなくなっていた。

「流行《はや》ってるなあ」

「金曜日だもの」

「案内状をもらって、ありがとう」

「もう東京にはいないかなって思ってたけど、前の電話番号にかけたら、ちゃんと会社の人が出たんで、嬉しかったわ。忙しいんでしょう」

「競輪に来るくらいだから暇《ひま》だよ」

「それにしてはすぐに来てくれなかったな」

「静岡は遠いんだよ」

「それは田舎で失礼しました。ねえ、飲んでいいかな」

「どうぞ、店の名前を変えたんだね」

「平凡でしょう。〝ゆりかご〟なんて名前は」

「そんなことはないよ。いい名前だよ」

「そう言われるとうれしいな。もうやめたのあの名前は」

そう言って公子は、自分のウィスキーのグラスを差し出した。私の記憶が間違っていなければ、彼女は今年、三十九歳になる。しかしそんな歳には見えなかった。肌に艶《つや》があるし、大きな目が娘のように映《うつ》るせいかも知れない。

公子は、私の大学時代の友人、佐藤幸之助《さとうこうのすけ》の妹だった。幸之助と私は二人がまだ高校生だった時に、大学の野球部のセレクションで逢った。東京の池袋にあるR大学野球部の新人採用試験を受けるために、私は故郷の山口県から上京した。百五十人余りの高校生や浪人生が参加していた。佐藤幸之助は私と同じ外野手のポジションであった。私たちはそこで知り合った。

百五十人の高校生の中には、プロ野球のドラフトにリストアップされた選手も何人か混じっていて、私のような田舎の無名校から参加した選手はよほどのことがない限り、十名余りの特待生の枠《わく》には入れなかった。

佐藤幸之助は、甲子園に出場して準決勝戦まで行った静岡では名門高校の主力打者であった。セレクションも百五十人もの高校生がいると、甲子園で活躍をしたりプロに引っ張られている生徒が、自然とグループになり、無名の選手は隅の方で小さくなってしまう。十六、七歳の若者なら、そうなるのが当たり前で、昼の食事時も笑い声が聞こえるのは、そんな華やかな野球をしてきたグループであった。

「この席、いいかな！」

幸之助は紙の皿に盛りつけたカレーライスとスプーンを片手に、私の隣りの席に来た。

「ああ、空《あ》いてるよ」

「僕、静岡から来た佐藤って言うんだ」

幸之助は私に自己紹介をした。

私は幸之助のユニフォームの胸を指で示した。そこにはマジックで布に大きく記された佐藤の名前があった。

「そうだな」

幸之助は笑って、私の胸の文字を見た。

「山口から来た是水《これみず》だ。よろしく」

「珍しい名前だね。これみずって読むのか……。綺麗なバッティングフォームだね君は」

「おまえのパワーにゃかなわないよ」

「僕は振り回してるだけだから……」

幸之助の第一印象は好感が持てた。私たちはセレクションが終わってからお互い手紙のやりとりをはじめた。

春が来て、私はR大学の野球部に入部し、幸之助は落ちてしまった。彼は一浪してもう一度、R大学を目指すと葉書きをよこした。合宿所に届く幸之助の葉書きは、女性のような丁寧《ていねい》な文字で、彼の近況が詳しく書いてあり、私が新人戦でヒットを打ったことを新聞で読んで、うれしかったと素直に綴《つづ》ってあった。

私も彼が入部し、一緒に野球ができるのを願っていた。しかし一年後、幸之助はまた不合格で、他校の野球部に入ったと連絡して来た。

彼のアパートを訪ねたのは、その年の梅雨に入った頃で、お互い雨の日は練習が休みだった。

世田谷の下北沢《しもきたざわ》にある彼のアパートのドアを叩いた時、ドアを開けて出て来たのは若い女性だった。それが公子だった。

「いらっしゃい。是水さんでしょう。今ちょっとお兄ちゃん、そこまで買い物に行ってるんです。どうぞお上がり下さい」

赤いセーターの上から、エプロンをした公子は長い髪をうしろで束《たば》ねて、大きな目が印象的な娘だった。

「私、キミコって言います。是水さんの話はいつもお兄ちゃんから聞いています」

その時、私と公子に向かって小犬が吠えながら、飛びついて来た。

「テリー、じっとしなきゃあ。テリー、ステェィ！」

小犬は彼女の言葉をまるで解さないように、畳の上をはしゃぎ回った。

幸之助と公子はひとつ違いの年子《としご》の兄妹で、一浪をした幸之助と現役のまま大学生になった公子の二人が一緒に上京していた。

その日、私は合宿所の門限まで幸之助のアパートで過ごした。部屋の中で、幸之助が公子をからかうと、公子は幸之助の首に抱きついて怒ったりした。そんな二人の行動を見ていて、私は兄妹がこんなに仲がいいのを奇妙にも感じた。また二人のそばをテリーと呼ばれる小犬が同じようにじゃれついていた。二人に送られて小田急線の駅で別れた時、私は幸之助がうらやましく思えた。それ以来、私は休みになると二人のアパートへ遊びに行くようになった。

幸之助が野球部を退部したのは、その夏の初めだった。一年の浪人生活の間に彼は野球に対する情熱を失なっていた。それでも時々、私の野球の応援に神宮球場へ訪ねて来てくれたりしていた。

「野球を退《や》めると、何をしていいかわからなくなるよな」

幸之助は或る時、私にそう言った。

「俺も実は退めようと思ってるんだ」

幸之助は驚いた顔をして、

「あと少しで上級生じゃないか」

「いや、もういいんだ。自分の野球の実力もわかったし」

「そんなことないって」

「野球だけが人生じゃないよ。いずれ田舎に戻って家を継がなくちゃいけないし」

「……」

幸之助にそのことを話してからしばらくして、公子から合宿所に手紙が届いた。

文面は、私が野球を退めない方がいいという内容で、幸之助もひどく心配をしていると書いてあった。文末に彼女が通っているアルバイト先の電話番号が書いてあり、電話が欲しいと結んであった。

私は公子と二人で、彼女が通っているお茶の水の大学のそばの喫茶店で逢った。

「学生服姿って、私すごく好きだわ」

私は丸坊主の頭に学帽をかぶり、学生服で街に出ていた。それは野球部の外出時の部則で、髪を伸ばしていいのは上級生になってからだった。そんな恰好の学生は珍しかった。

私は公子といて、回りの学生たちが彼女を見る視線を感じた。演劇部に入っている彼女は化粧気がないのに、その特長である目と、透《す》き通った明るい声が人目を引いた。私たちはデートをしているように見えたのかも知れない。

「幸之助は元気にしてる」

「うん、でも近頃、学校にはまるで行ってないみたい」

「つまんないのかな……」

「お兄ちゃん、今まで野球しかしてなかったから」

「野球だけが人生じゃないよ」

私がそう言うと、公子は哀しいような顔をした。私は野球を退めたら、公子とこうして毎日逢えるような気がした。

それから一ヶ月後に私は野球部を退部した。しばらく幸之助の兄妹と遊んだりしていたが、私はまもなく横浜の方へ引っ越して、アルバイトに忙しくなり、二人と疎遠になった。

その公子と偶然に再会したのは、私が広告代理店に就職をした二年後、仕事で静岡へ行った時のことだった。

地元のテレビ局の人間に、私は一軒の酒場へ連れて行かれた。〝TERRY《テリー》〟と小さな看板がかかったその店は、新宿のゴールデン街にあるような狭い入口で、店内にはたくさんのマッチのラベル、コースターが壁中に貼《は》り付けてあって、芝居のポスターも何枚も貼ってあった。

先客の背中を避けながら、狭い通路を歩いていると、

「是水さん」

といきなり大声がした。私が驚いて声の主を探すと、カウンターの中に公子が立っていた。公子は髪を短くして、赤い口紅をつけていた。公子も目を丸くしていたが、私も驚いた。

その夜、私と公子は店がはねてから飲みに行った。そして公子の口から、幸之助が行方不明のまま、もう三年近く連絡がないことを聞かされた。その話をしはじめると、

公子は大きな目に涙を浮かべた。

「それで幸之助はどこへ行ったのか、わからないのか」

公子はハンカチを鼻にあてて首を横に振りながら、警察にも捜索願いは出したし、自分もほうぼう探してみたと言った。

「どこで何をしてんだろうな、幸之助は」

「是水さんのところには手紙か何か来ていない?」

「来てないな」

公子は私に、下北沢のアパートで飼っていた犬を覚えているか、と聞いた。覚えていると答えると、自分があの店をやりはじめたのは、テリーという名前に、幸之助が気づいて、訪ねて来てくれると思うからだと言った。

私はその話を聞いていて、幸之助はどこかへ旅にでも出ているのだろうかと思った。しかし彼が三年もの間、あんなに仲の良かった妹に何の連絡もしてこないのは、おかしい。

幸之助の身に何かあったのだろうか。と言うのは、公子たちと疎遠になったすぐ後で、私の弟が海で遭難して死んでいた。死体がなかなか発見できない、ひどい遭難現場だったので、行方不明という言葉を耳にすると、私にはそれが死に結びついた。

その夜から、私は出張で静岡へ行くと〝TERRY〟に立ち寄るようになった。仕事が終わって、〝TERRY〟のある細い路地を歩き出すたびに、幸之助の顔が浮かんだ。

「ねえ、奥さんってどんな人？」

公子が笑って聞いた。私は学生時代に知り合った女性と結婚していた。

「普通の人だよ」

「美人？」

「それも普通」

「じゃあ、美人だ」

或る夜、ひどく酔って、私は公子のアパートに行った。ドアを開けると、奥から犬が玄関に出て来た。酔いが醒《さ》めそうになった。犬というより大人が一人そこに立っているように見えた。

「テリー覚えてるでしょう、是水さんよ」

そう公子が言った時、目の前の犬があの下北沢のアパートで見た犬だとわかった。

「こんなに大きくなるの、この犬」

「そう、アフガンハウンドだもの」

私は玄関に立って、その犬をじっと見た。犬も私をじっと見返していた。

「噛んだりはしないから。私に危険じゃない人はわかるのよテリーは」

私はお茶を飲んでいる時も、ずっと犬のことが気になった。犬は公子のそばに座って、長い顔を彼女の膝の上に乗せて、人間が眠るように目を閉じていた。

「この犬を買って来たのは、お兄ちゃんなんだもの。下北沢のアパートの大家さんを説得する時も強引だったわ。ねえテリー、お兄ちゃんはいつ帰って来るのかしらね」

公子は男を愛撫するように、その犬に頬ずりをしたり、キスをしていた。

私は公子のその素振《そぶ》りを見ていて、テリーが幸之助の分身のように思えた。私はテリーと裸で寝ている公子の姿を、ふと想像した。


〝ゆりかご〟は十時近くになっても、客が続いた。

「ねえ、早目に店を閉めて飲みに行こうか」

公子が小声で言った。

「いいけど、旦那さんが待ってるだろう」

私は公子が再婚をしたことを、彼女からの手紙で知っていた。今度は上手《うま》くやりますと書いてあったのを覚えていた。

公子は首を振った。私が公子を見ると、

「別れちゃったの」

とグラスに目を落として言った。去年の暮れに店の開店の案内状が届いた時、ひょっとして離婚したのかも知れないと思っていた。やはり予感は当たっていた。

私は一度、旅館に戻ってやりかけの仕事を済ませてからまたのぞくと告げて、店を出た。通りまで出て見送ってくれた公子は、やっぱり今夜は飲もうね、と笑って手を振った。外に出て見つめ直した公子は、やはり以前と何か違っている気がした。昔より積極的になったように感じられた。しかしそれだけではないようだった。それは顔にあった大きなこぶを取って、それまでの印象よりその人がのっぺりとした感じになったのと似ていた。

そんなことを考えながら通りを歩いていたら、突然、幸之助が帰って来たのではないだろうかと私は思った。そうに違いない。私は通りを振りむいて、公子の店に引き返そうとした。

そうだとしたら、いずれ後からわかることだと、私は旅館に戻って仕事をすることにした。しかし仕事をはじめると、幸之助のことが気になって、手につかなくなってしまった。

ひょっとして、公子は私を驚かそうとして今夜の約束をしたのかも知れない。そうだとすると、私は幸之助になんとなく逢いづらい気がした。

というのは、公子と〝TERRY〟で再会をした十五年前の夏から二年後、私は当時住んでいた葉山の家に、公子の突然の訪問を受け、彼女と肉体関係を持っていたからだった。

客が来ていると大家に言われて、玄関に出てみると赤いコートを着た公子が立っていた。

「驚いたでしょう」

公子は赤いライトバンを運転して、静岡から湘南までやって来ていた。

「よくわかったねえ、ここが」

「事務所の人に聞いたのよ」

「いつから車を運転するようになったの」

「この秋から。もう何回も東京まで行ってるのよ」

「大丈夫なの」

「大丈夫、ほらボディーガードが付いてるから」

公子が車の後部座席を指さした。そこにはあの犬がガラスに顔をすりつけるようにして、私たちを見ていた。もう一匹同じアフガンハウンドがいた。

「テリーか」

「そう」

「どっちが？」

「どっちって、わかんないの」

私にはどちらも同じように見えた。

「奥でおとなしくしてる方よ。外に出たがっているのはテリーの仔《こ》」

「牝犬《めすいぬ》なんだ、テリーは」

「違うわよ。テリーは牡犬《おすいぬ》。他の犬に産んでもらったの。でもこの仔は優秀なの。先月の東京でのコンテストに入賞したのよ」

冬の葉山の海岸を、私と公子と二匹の犬で散歩した。

「私、結婚するんだ」

「それはよかったね。おめでとう」

「是水さん、離婚したんだってね」

「うん」

「恋人はいるの？」

「らしいのがね」

「そう。結婚式には呼ばないから」

「……………」

「是水さんの時にも呼ばれていないから」

「……幸之助は連絡あった？」

「全然。でもたくさん友達を呼んだの、お兄ちゃんの野球部の時代の人も。もしかして誰かがお兄ちゃんの居処《いどころ》を知っていて、その人が私には内緒で、私が結婚することを伝えてくれるような気がして……」

私は公子の言葉を聞いていて、公子は私が幸之助とどこかで繋《つなが》っていると思っているのではないかと感じた。

「そうだな、式の直前に現われるかも知れないな」

「そう思う。本当にそう是水さんも思う」

「うん、なんとなくね」

「私もそう思うの。お兄ちゃんは何かの事情で皆の前に顔を出せずにいて、それが私が結婚する機会に思い切って、姿を見せるんじゃないかって……」

海を見ながら話す公子の横顔は、結婚を前にした女のまばゆさのようなものはなかった。彼女の大きな目は、これからはじまる新しい自分の生活よりも、ずっと彼女が引きずっている幸之助の姿を見つめているように思えた。かたわらでやはり波をじっと見ている犬も、突然姿を消した幸之助の匂いを探している表情に見えた。

結婚式の案内は、公子の言葉とは逆に、出席を希望しますと添え書きまでして送られて来た。私は式に出席できなかった。

それから半年もしないうちに、彼女はまた葉山の家へやって来た。やはりあの犬と一緒だった。

「離婚しちゃった」

そう言って公子は赤い舌をペロリと出した。

「犬が好きじゃなかった人だから、テリーと別れ別れに暮らしてたんだけど、駄目だったの。犬の嫌いな人って、本当に駄目なのね。犬の匂いだけで」

私はその男を少し可哀相《かわいそう》に思った。いくらなんでも、犬と人間で天秤《てんびん》にかけられたのではたまらないだろう。

その日、私たちは車で茅ケ崎《ちさき》の方をドライブした。犬は運転席の公子と助手席に座る私との間に、後部席から顔を出して、フロントガラスに流れる景色を見ていた。

「テリー、ほら見てごらん。大きなホテル。あんなところに泊まりたいね」

公子が海岸沿いにあるそのホテルを指さすと、犬はその方角を見て、言葉がわかったようにうなずいている。私は少し気味が悪かった。その別れた前夫に同情した。公子と犬のやりとりを見ていて、公子はどこか女性として欠落していると思った。

「お兄ちゃんは現われなかったわ」

公子は信号で停車すると、急にそう言って黙り込んだ。それっきり彼女は口をきかなくなった。私は何と言っていいかわからなかった。幸之助のことを早く忘れてしまわないと、君はいつまで経《た》っても一人立ちできない、と言ってやるべきだろうとも思ったが、そんなことを離婚したばかりの彼女に話すのも残酷なような気がした。妙なもので、公子が憂鬱《ゆううつ》な顔をすると、犬は彼女を慰《なぐさ》めようとするのか、何度も彼女の首すじに顔を近づけて鼻をならした。その仕種と、犬の行動を黙って受けとめている公子の姿は、私の見知らぬ場所で、幸之助が失《う》せてから彼女と犬の間でずっと繰り返し続けられていたのだろう。そう考えると、この犬は公子にとって飼い犬以上の大切な存在だったのかも知れない。

相模川の河口に降りた公子と犬が歩いている姿を、私は堤防のセメントに腰かけて見つめていた。

伊豆半島の方へ沈んで行く夕陽に、公子と犬の姿はせつないようなシルエットになって揺れていた。私はそれを美しいと思った。その瞬間、幸之助の顔が浮かんで、

「早く出て来てやれよ」

とつぶやいていた。そうつぶやいた途端に、幸之助は死んでしまっている気がした。幸之助がもしどこかで今も生きているとしたら、彼はとうの昔に彼等の前に姿を現わしているはずだ。私が知る限りの幸之助は、非情なことができるような性格ではなかった。すると幸之助は何かの不慮《ふりょ》の事故で、とっくにこの世から失せていて、死体が

確認できないような最期《さいご》をとげたのではなかろうか。そう考えた方が自然のような気がした。

公子たちは豆粒のようになるまで海岸の道を歩いて行ったが、それでも時々私の居る場所を振りかえる公子の顔が見える気がした。

その夜、私たちは東名高速沿いのラブホテルに泊まった。車でそのままホテルに入り、部屋へ行けたので、大きな犬を中に入れても従業員にはわからなかった。

はでなインテリアの部屋に公子と犬と私がいるのは、不思議な光景だった。

部屋の灯《あか》りを消して、私たちはしばらく話をした。

「是水さんを見ていると、お兄ちゃんがとても近いところに居るような気がするの」

「本当に、幸之助は何をしてるんだろうな」

「きっと何か事情があるのよ。困っていたりしてるなら、連絡してくれればいいのにね」

「そうだね」

公子の口から出た事情という言葉の響きが、私には誰ものぞくことのできない山の奥のまた奥や、海の底の底のような重い空気が漂うような場所を想像させた。

部屋の隅から、小さな音が聞こえた。

「テリーが眠ったわ。イビキをかくのよ、あの子」

私は犬のイビキを聞いたのは初めてだった。その音は、たしかに人間のイビキと似ているようだった。

「寝言も言うのよ」

「本当に？」

「そう、夢を見るのね。それで目を覚ます時もあるもの」

私は昼間、車の後部席から顔を出した犬の横顔を思い出して、少し可笑《おか》しくなった。

公子は急にかすれたような声で言った。

「ねえ、キスをして」

私は公子にキスをして、浴衣の中の乳房に触れた。柔らかい乳房だった。私が公子の身体の上に乗ると、暗闇の中でも彼女が目を見開いて私を見ているのがわかった。私も公子も黙ったままセックスをした。

旅館を出る前に、私は〝ゆりかご〟に電話を入れた。客はもう引けて居ないから、私が来るのを片付けをしながら待っていると公子は言った。

旅館が呼んでくれたタクシーに乗ると、運転手が言った。

「さっき海の方で、ひどい事故があったんですよ。ラジオで言ってたでしょう」

「どうしたの？」

「車が五台もぶつかったんだって、四人死んだって言うから、ひどい事故だったんでしょう。もっとケガ人もいるって言うし」

「可哀相にな……」

「夏休みに入るとこれだ」

「若い連中なの」

「そうでしょうきっと、暴走族ですね」

店の前で車を降りると、看板は消えていた。ドアを押すと、鍵がかかっていた。ノックをすると、公子が出て来て笑った。

「遅く来るお客さんがいるのよ」

私たちは、公子の顔見知りの店へ行った。そこでしばらく飲んでいたら、店でも海の事故の話題になった。

「女の子が二人も死んだらしいよ」

客の一人が言うと、マスターらしい男がその客をからかった。

「もったいないなあ」

私はそろそろ引き揚げようと思った。時計を見ると、二時を過ぎていた。

「是水さん、海を見に行かない？」

公子が言った。

「事故の見学に行きたいの」

「違うの、ちょっと海を見たいなあと思ったの、駄目かな」

私たちは、タクシーで海へ行った。先刻《さっき》の事故のせいだろうか、途中からひどく車が渋滞しはじめた。やがてランプを点滅させている数台の消防車が見えてきた。かなりの数のヤジ馬が出ていた。

「焼け死んだんだってよ。どこの誰だかわかんなかったたっていう話だよ」

公子の窓側に映る現場を私が見ると、彼女は車の中で目を閉じていた。

松林の手前でタクシーを降りて、私たちは林道を歩いた。林を抜けると、風が急に身体に当たった。尾を引くような長い余韻の波音で、その暗い海岸がひどく大きいことがわかった。潮は引いているらしく、波打ち際まではかなりの距離があった。私は深呼吸をした。海を見るのは、ずいぶんと久し振りだった。ほてった頬が、潮風で引いて行くのがよくわかった。

「いい海岸だね」

「ごめんなさいね、こんな夜中にわがままを言って」

「かまわないよ。どうせたいした用がある訳でもないし、あれは灯台かな」

右手の岬から数秒毎《ごと》に光りの帯が回っていた。

「そうね」

私は目を閉じて、海の匂いをかいだ。潮の香りが鼻の奥にひろがった。悪くなかった。

「是水さん、私ねえ……」

公子が話しかけて、途中で言葉を切った。

「どうしたんだい」

その時、私は旅館で自分が考えていた幸之助のことを思い出した。あれは自分の思い過ごしのようだった。

「どうして暮らしてるの？」

「相変わらずぶらぶらしてるよ」

「そう、私ねえ、離婚したのはね、本当は好きな人が出来たからなの」

私は海を見ていた。

「その人のことが本当に好きだとわかったの。だから旦那さんに別れて欲しいって打ち明けたの。そうしたら、いいって言ってくれたの」

私たちのすぐ目の前を若い男女が通り過ぎた。男の笑い声が聞こえた。

「その人とならずっとやって行ける気がするの。私より若い人なんだけど、その人といると安心するの。それに、その人が私に言ったの。お兄ちゃんはもう戻って来ないって。戻って来ないって考えた方が、私が生きて行き易いんだって。ただ逢えないだけで、それ以上でも以下でもないって……」

公子の声は今まで私が聞いたことがないほど、真剣な声に聞こえた。

「十歳も歳下なのよ。なのに私をちゃんと叱ってくれるし、仕事も一生懸命する人なの。テリーが死んだ時もずっとそばに居てくれて、もう犬は飼うなって言ってくれた。犬はテリーだけでいいんだって、テリーに逢えなくなった、それだけで、あとは胸の中にしまっておけばいいんだって、居なくなったことは、どこかへ隠れているんじゃないんだって。初めはよくわからなかったけど、お兄ちゃんもきっとどこかで無事に暮らしているんだ。ただ私たちが逢えないだけのことだって思いはじめたの。そうしたら、少しずつ平気でいられるようになったの」

私は公子が変わった訳がなんとなくわかったような気がした。

「よかったねえ」

「うん、そう思う」

「今度はうまく行きそうだな」

「からかわないでよ。でもそうだね。まだ四十前の女が、三度も結婚をするんだものね。おかしいよね」

「おかしくはないさ。三度目がうまく行けば、それでいいんだ」

公子はかすかにうなずいた。

「もう出ておいでよって、二十年も私言ってたんだものねえ」

「そうだな、でもいいじゃないか」

「そうねえ、ねえビール飲もうか」

「もうやってないだろう」

「あるの、そこの林の向うに屋台が出ていて、そこで売ってるの。ねえ、私が買って来るから、ここで待っていて」

「いいよ俺が行こう」

「いいってば、待ってて」

公子は砂を蹴って、林の方へ駆けて行った。

きらめいていた星がかすんだと思うと、左手から雲に隠れていた月が浜辺を照らした。その月が海に落ちて、太刀魚《たちうお》のように水面が揺れてかがやいていた。

——もう出ておいでよって、二十年も私言ってたんだ……。

公子の言葉が耳の奥によみがえった。以前に自分も、そんなことを口にしたことがあると思った。

——夏休みに入るとこれだ……。

旅館から乗ったタクシーの運転手の声がよみがえった。二十年前の夜だ。ちょうど二十年前の今頃だ。

私はひとりでボートを漕いで沖へ出た。

弟が海で遭難して、もう十日も行方不明のままだった。その日の夕暮れ、捜索の間中ずっと続いていた台風が瀬戸内海の小さな湾から去って、星が空に浮かんだ。一軒のボート小屋にずっと踏ん張っていた父と母と姉たちが、砂浜に出て空を見上げた。皆黙って星を見ていた。

やがて月が岬のむこうから昇ってきて、海を皓々《こうこう》と照らした。

「やっと明るくなったねえ、これならあの子も戻って来れるわ」

母がひとり言のように言った。母の顔はげっそりと痩《や》せて、目だけが異様に光っていた。父は黙って、やはり海を見ていた。姉や妹も疲れ果てていた。波はおだやかになっても、誰も何をしていいかわからなかった。

猫の額《ひたい》のように狭い湾の中を、十日間何百人もの人が弟を探して、水に潜り、海岸沿いを歩いた。サルベージ船までが来て、海底を捜索した。沖合いには海上保安庁の巡視船が停泊した。父の力と家族でやれることは、すべてしつくしていたように思えた。

六人の子供のうち、男の兄弟は私と弟の二人だった。

夏休みに入ったばかりの午後、弟は一人でこの海へ来て、ボートに乗って沖へ出たと言う。台風が近づいていた。

「気を付けて下さいよ」

ボート小屋の主人は弟に言ったという。スポーツで鍛えられて、泳ぎにも自信のあった弟は筋肉にまかせて沖へ出たのだろう。

夜になっても戻らないボートを主人はいぶかしく思って海を見ていた。波は高くなり海はもう荒れはじめていた。まもなく彼の小屋のボートが西の岬に空舟《からぶね》のまま流れ着いていた。

主人は私の家を知っていたから、すぐに電話を入れた。駐在所にも連絡した。

私が弟の遭難の報《しら》せを聞いたのは、横浜の港湾《こうわん》労働者の事務所の電話だった。

夜行列車で帰った。故郷が近づくにつれて空は曇り、現場に着いた時は台風は瀬戸内海を吹き荒れていた。

生きているとすれば、岬の岩場か、それとも何か浮遊物につかまって、沖合いにいる。嵐の中を、私は父とボートを漕ぎ出した。櫓《ろ》を漕いでもボートは前進しなかった。

警察は、捜索する方が死んでしまうと制したが、父は怒鳴り返して沖へ出た。

岩場の方から、灯りが見えたと聞くと、闇の沢を進んで岬へ出て、岩場を弟の名前を叫んで探した。

一日、二日、三日経っても、台風は蛇のようにとぐろを巻いて中国地方に停滞したまま動かなかった。

その台風が引き揚げようとする時に、次の台風が九州に上陸した。五日目からはさらに大型の台風が、小さな湾を襲った。

少しずつ生存の希望が消えて、捜索の方法がサルベージ船や漁船で遺体を探すように変わった。

十日目に星が見えた。私は小屋にいることが耐えられなかった。ひとりでボートを出して沖へ出た。

「浮いて来るとしたら、月が出た夜だろう」

年老いた漁師の言葉が耳に残っていた。

「どこへ行く?」

父が聞いた。

「ちょっと沖を見てくる」

「ひとりで行くな」

私は父の言葉を無視して、ボートを出した。波ひとつない海が嘘のようだった。ボートは櫓がかいた水力以上に、水面を滑った。

ボート小屋がみるみる小さくなっていった。ほどなく、湾の中央に着いた。私は櫓をおさめて、水面を見つめた。よくすった墨のように黒い海は、それ自体が大きな生き物の肌のように不気味に落ち着いたつやをしていた。

私は西の岬を目をこらして見た。東の岬を同じように見た。生きているものの気配は感じられなかった。

顔を上げて夜空を眺めた。どうしてすぐに晴れてくれなかったのだと思った。

ボートは少しずつ満ち潮に流されてすすんでいた。

ボート小屋を見ると、私の家族がいる場所だけが灯りが点《とも》っていた。父の顔が浮かび、母の言葉が聞こえた。

私は弟の名前を呼んだ。二度、三度呼んだ後で、

「もう出て来いよ」

そうつぶやいていた。ふてくされている時の弟の顔が浮かんだ。同じ言葉をもう一度くり返して言った。

その時、船先で何かが動いた気がした。私は緊張して水面をのぞいた。船べりの右

も左も、何かがゆっくりと移動していた。

それは無数の海月《くらげ》だった。私のボートの回りを、何十という数の海月が浮上し、ゆっくりと流れていた。台風で海の水温が下がったせいか、いつもの年よりも早く沖合いにいた海月が湾に流れこんで来たのだろう。

海月は薄緑色に見えたり、あわい紫色になったり、銀白色になってボートの回りを泳いでいた。

私はそれが、この海で死んだ人間たちの化身《けしん》のように思えた。よく見ると海月はひとつひとつ表情が違って見えた。

私は弟の面影が見える海月はありはしないかと、ひとつひとつを観察した。

波が出て来たのか、ぺちゃぺちゃと船べりを叩く水の音が聞こえ出した。

ボートと小屋の見える浜との間に、月が帯のように水面に落ちて、湾を横切っていた。海月たちは、その月明りをめざして泳いでいるように見えた。

私はその時、弟は死んでいるのだと思った。捜索している間も気持ちの隅で、これは弟の仕組んだ芝居だと思ったこともあったが、そんなことはあり得ず、この海の底のどこかに彼はいると確信した。

そう思った時、海月はただ海面を流れているだけで、意志も感情もない浮遊物だとわかった。

私は櫓を水面にさして、ボート小屋へ引き返した。

翌朝、弟の死体が浮上した。

「ごめんね、待った」

「……………」

「ビールが一本しかなくて、お酒をもらって来たけど、いい」

「ああ」

「ビールにする、お酒にする?」

月明りに浮かんだ公子の顔は美しかった。

「何見てんの」

「いや、……お酒にしようかな」

「そう、じゃあ、私はビールにしよう」

激しい音がして、ビールの泡がかかった。公子は小さな悲鳴を上げて、私にハンカチを差し出した。

「いやだ。顔中かかっちゃった」

水滴のついた公子の顔が笑っていた。私は酒をひと口飲んで、口の中にふくんだ。甘い香りが鼻を突いてひろがった。すぐ隣りで、喉《のど》を鳴らす音がした。

「息が切れちゃったわ。もうおばあさんね」

公子が言った。

「まだこれからだよ。これからしあわせにならなくっちゃあ」

「そうねえ、私しあわせになれるかなあ」

「なれるさ」

私も公子も空を見上げていた。七月の月が海の上を滑りながら潮風にゆらいでいる。波音が少し遠ざかったように思えた。

私は立ち上がって、ズボンについた砂をはらった。公子も立ち上がり、空《から》の缶を握って、小さな音を立てた。鼓《つづみ》を叩いたような澄んだ音色だった。

春のうららの

一

表戸の開く音がした。

閉じた時の、柏手《かしわで》を打ったような乾いた音で、それが娘の美津子《みつこ》だと、さちえはわかった。また表戸が指一本か二本分、あいたままになっている。何度、注意をしても美津子の戸を締める癖は直らない。死んだ亭主の英二《えいじ》とそんなとこまで似ている。

「かあさーん、ただいまー」

言葉の最後を調子を上げて伸ばす。それも一緒である。どたどたと廊下を歩いている。あと二週間後に、この娘が結婚式を挙げると思うと、先がおもいやられる気がする。

さちえはくちなしの根に並べた卵の殻《から》を、もう一度横から見るようにしてから、その鉢を縁側に静かに置いた。

もうすぐ梅雨《つゆ》になる。梅雨の来る前に庭にある鉢の片付けごとをしておきたかった。

「暑いわ外は、やんなっちゃう」

そう言って居間に入って来た美津子を見て、さちえは手に持っていた肥料のビニール袋を落として、あっ、と思わず声を上げた。

「どう似合うでしょう。思い切ってやったらさっぱりしたわ」

障子《しょうじ》の前に立った美津子は、髪を男のように切っていた。さちえは一瞬、何が起こったのか、と思うほど娘の頭を見つめた。言葉が、出なかった。

「いつかやってやろうと思っていたんだ。カットした人も、似合うって喜んでたわ」

「……………」

「どう？　驚いた」

大きな目をくるりと動かして美津子は笑った。耳元の髪は刈り上げて青く見えるし、頭のてっぺんは針の山のように突っ立っている。さちえは小さくため息をついて、手元の畳に目をやった。顔を上げて美津子を見るのが怖《おそろ》しかった。どうしてこんなことをしたのかさちえにはわけがわからなかった。自分の娘だけは、雑誌やテレビで観る、怖しい髪型をしないと信じていた。

さちえは自分の指先が、かすかに震えているのがわかった。どうしたらいいのだろう。しかし着物に付いたシミを抜くのとはわけが違う。髪を切ったのだから。

美津子もさちえの想像以上の戸惑いを見て、

「幸男《ゆきお》君にも電話で話したのよ。賛成してくれたし、さと子《こ》も一緒に切ったのよ。それに新婚旅行に行く場所が暑いところだし」

と言いわけがましいことを言った。さちえは目を閉じていた。

「怒んないでよ、かあさん。高島田もこの方が似合うんだから……」

美津子は母の様子に退散するように居間を出て行った。階段を上る美津子の足音を聞きながらさちえは目を開けて、美津子の立っていたあたりを見た。すると先刻見た娘の顔と針のような髪が浮かんだ。さちえは信じ難いものを見たようで、今度は大きなため息をついた。心臓の動悸が早くなっていた。立ち上がって台所に行くと、蛇口をひねって水を飲んだ。わけのわからない不安がひろがった。

夜になって、さちえは美津子と食事を摂《と》った。食事の間もなるたけ娘の顔を見ないようにした。

「ねえ、かあさん。新婚旅行の予定なんだけど、もう四日間ほどのばしていいかしら、オーストラリアに回って行きたいの、幸男君もその方がいいだろうって言うの」

さちえは昼間起こった動悸がまだおさまっていなかった。今夜はなるたけ早く美津子と別々になりたかった。

「ねえ聞いてるの、私の話？」

「……」

さちえは下を向いたままうなずいた。

動悸が止まらなかったのは、美津子の髪が死んだ姉の髪型に似ているのに気付いたからだった。四十五年も前のことだが、大連《だいれん》に住んでいたさちえと姉の美与《みよ》は敗戦の日から日本へ帰るまでさまざまなことを見ていた。ロシアの兵隊が来るというので、年頃の娘は皆丸坊主にされて、男物の衣服を着せられた。それでも彼等は娘を見つけ出してもて遊んだ。姉は泣きながら髪を切られていた。その顔と髪が襖の前に立っていた美津子と重なったのだ。

「それでさあ、そうなると旅行の費用が増えるのよ。かあさん、それでも大丈夫？」

旅行の費用と言われて、さちえは動かしていた箸が止まった。

近頃は、結婚式の費用から新婚旅行まで新郎側、新婦側で等分に割って行くらしい。それは別に構わない。夫が一人娘のためにと残しておいた貯金もあるし、宮沢《みやざわ》幸男の家の方から支度金も充分頂いていた。

『美津子の結婚式だけは他所様《よそさま》に、恥ずかしくないもんにしてやるから』

と夫は口癖のように言っていた。自分達が簡単な式しか挙げられなかった分、夫も美津子には、立派な結婚式をさせてやりたい、と思っていた。しかしさちえには、新婚旅行に百万円以上の金がかかることが信じられなかった。本当ならそのお金を二人のこれから始める暮らしに役立てるべきだろう、とさちえは考えるのだ。英二が生きていたら、さちえと同じ意見だと思う。娘のために金を使うのが惜しいんじゃない、もう少し別の使いようが新婚家庭にはあるはずだ。それが二人の家を買う費用なら、さちえは本通りの店を手放してもいいと思うのだ。

「それは一生に一度の旅行だから、あんたの気持ちもわかるけど、かあさん今でも少しお金がかかり過ぎるように思うの……」

さちえは冷静を装いながら言った。

「駄目か……。今夜はちょっと不機嫌だし、作戦の立て直しだな」

美津子にはさちえの真意が少しもわかっていない。二人はそのまま食事を続けた。

美津子が会社での話をしているのだけど、さちえには耳に入らなかった。

風呂に入っている美津子が歌を歌っている。自分の娘ながら明るい気質《たち》の子だと思う。器量もまあ十人並みだし、身体も小さい時分からこれといった病気もしていない。まあ世間並みの娘ではあるだろう。日本橋の保険会社に勤めて、会社の二つ年上の宮沢とつき合い始め、これも順調に交際が続いて結婚となった。おととしの冬、夫の英二が狭心症で亡くなった時も美津子は自分に気を遣って、会社には休養届けを出して助けてくれた。気持ちのやさしい子である。しかしどうも世間がわかっていないような気がする。だいちあの髪にして外を歩く神経がわからない。それに結婚式の当日、向こう様の親戚が見たら何と思うか、考えただけで気が重くなる。綺麗な髪をしていたのに……、あんなによく手入れをしていたのに……、さちえはレース編の手を止めて、眼鏡を外してテーブルに置いた。歌がやんでいるところをみると美津子は風呂を上がったらしい。

やはり髪のことと旅行のことは今後注意をしておいた方がいいような気がした。さて何から話したらいいか、話す順序をさちえは整理しはじめた。遠くを見るのでもなく、さちえは庭を見た。カーテンを引かなくては、と立ち上がって縁側に寄ると、居間からの灯《あか》りに昼間のくちなしの鉢が目に止まった。南天《なんてん》やおもとの鉢に比べて、くちなしは花が咲いてる分だけ可愛らしく見えた。

くちなしの花を眺めながら、さちえは以前こんなふうにして、この花を見ていた気がした。

二

くちなしの花が咲いていた。

古い生垣《いけがき》の間から、白い花が顔をのぞかせていた。

「あら、こんなとこにいつのまに……」

さちえは石畳の坂の途中に立ちどまって、膝の高さくらいから子供のように外をのぞいている六弁の花を見つめた。身をかがめて、くちなしに近づくと、かすかに甘い匂いがした。さちえは雪のように白い花びらを見つめながら、つやのある濃い緑の葉を指でそうっとさわった。その拍子に小さな木は少し揺れて、花がお辞儀をしたように思えた。さちえはそれを見て小さく微笑《ほほえ》んだ。

カタカタと坂の上の方から下駄音がした。見上げると、組合での舞いの稽古を終えた若い芸妓《げいこ》たちが、さちえと同じように湯道具をかかえて降りて来た。いけない、こんなところでみちくさをしていたら、また女将《おかみ》さんにどやされてしまう。さちえは立ち上がって、坂道を走り出した。

「そうよね、おねえさんがそう言うもんだから、そうしたのよ。そうしたら急にお師匠さんが怒り出したんだもの」

まだ半玉らしい朱色の着物を着た若い子がよく通る声で言った。その声に少し年上の子たちが笑い声を上げた。その年上の芸妓たちは、たぶんさちえと同い年くらいだろう。

さちえは芸妓たちが通り過ぎるのを坂道の途中で止まって待った。狭い神楽坂《かぐらざか》の路地を芸妓達は器用に一列になって、さちえとすれ違った。さちえは路地を抜けて本通りに出ると毘沙門天《びしゃもんてん》の手前で筑土《つくど》八幡へむかって右に折れ、軽子坂《かるこざか》を左に上がって行った。すると外堀へ抜ける風がさちえの袖《そで》口を鳴らした。

「おい、さっちゃん、何をそんなに急いでるんだ」

茶屋の前で水をまいていた顔見知りの老人が声をかけた。さちえは老人に会釈をし、仙竹《せんちく》の表を通り越して角を曲がり、裏木戸に飛込んだ。

さちえ、さちえー、と尾を引くような声で女将のきぬが自分を呼んでいた。はあーい、とさちえは庭先から大声で返事をして、裏廊下に上った。

「どうしたんだえ、もうお膳の準備をしないと、また親方のかみなりが落ちるだろう」

きぬはさちえを見てそう言うと、忙しそうに帳場の方へ引き返した。

「さちえさん、すみません。風呂へ行くのが遅くなったと私が女将さんに言えばよかったんですが……」

この春来たばかりの勢津子《せつこ》が申し訳なさそうな声を出した。

「いいのよ、せっちゃんが悪いんじゃなくてよ。みちくさをしていた私がいけないの」

さちえは自分の部屋に戻ると、髪を手早くまとめて帳場へ行った。桔梗《ききよう》――十一人、紅葉《もみじ》――六人、と帳場の黒板に記してある宴会の人数を確認して板場に入った。

「おい、遅いぞ。配膳がすんでないのか。人数は変わりないのか」

と板場から英二が少し怒ったような声で言った。

「人数は変わりありません。桔梗が十一人で、紅葉が六人です。すぐにかかりますので」

と大声で答えた。奥では店の親方が、黙って夏ふぐの仕度をしていた。親方のすぐ傍《かたわ》らにすでに切り終えたふぐの刺身が大皿で何皿も重ねて置いてある。

仙竹は神楽坂では、戦前からふぐが自慢の料理屋で宴会場は少なく、五つばかりの離れを廊下でつないで、庭師が丹精した池をめぐらせた中庭があり、上客の多い店だった。主人の石丸重造《いしまるじゅうぞう》は下関の出身で、みずから庖丁をとる職人だった。

その夜はひと回り目の客で終わったと思ったら、ふた回り目の客が珍しく入った。その膳の支度にさちえは紅葉の間《ま》に向かった時、桔梗の間から英二が出て来た。英二とさちえはその年の正月、結婚をしたばかりだった。ふぐの時期が終わった春先、二人は市谷仲之町に小さな部屋を借りて暮らし始めていた。しかしお店が忙しい時は、二人とも仙竹に泊まり込む日が多かった。ここ二日間、二人は仙竹に泊まっていた。

「おい、今夜は帰れそうだな」

と英二は真黒い顔に目の玉をむいて言い、白い歯を見せてニヤリと笑った。さちえは英二の笑い顔が好きだった。初めて英二が千葉の銚子から、この仙竹にやって来た時も同じ年ぐらいの若い衆の中でも、英二だけが愛嬌があるように感じた。しかし初対面の印象とは違って英二は無口な若者だった。

重造が仕事に厳しい分だけ、板場の修業をしている男達はよく蔭で愚痴をこぼした。しかし英二が親方のことでも、先輩のことでも悪く言ったのを聞いたことがなかった。冬の朝、店の裏手でふぐの木箱から何匹ものふぐを取り出して、下ごしらえしている時も英二は黙々と仕事を続けていた。

さちえが英二に好意を持ったのは、自分と同じように戦争で身寄りがなくなったことを女将さんから聞いたせいもあった。

十五の春から山口の田舎を出て、ずっと仙竹で住込んで働いて来たさちえは十九歳になって同じように住込みで修業に来た英二の決心のようなものがわかる気がした。親の言いつけで修業に来たものや職人になりたくて働いているのではないような若い衆と英二はどこか違っていた。

だから二十歳になった節分の日、若宮神社の豆を拾いに行った帰り、いきなり英二

に、

「一緒になってくれないか」

と打ち明けられても、さちえの心のどこかにこんな人とならと思う気持ちがあったのか、嬉しかった。それから時々、休日の日に浅草へ二人して出かけたりした。休みの日とてさちえは女将のきぬに言われて針仕事や店のこまごましたことを手伝わされることが多かった。それは英二も同じで、重造が日本橋や本所へ、掛け軸や器を買いに行く時なぞは決まってお伴をさせられた。

二年経《た》って、英二がさちえのことを重造ときぬに話した時、二人とも少しは驚いた顔をしたが、承知をしてくれた。式は赤城神社で正月の二日に、英二の親戚という叔母が一人加わって簡単に済ませた。仙竹に戻って小さな席を用意してもらったが、その夜はもう二人とも店へ出て働いた。その頃、英二は板場をまかせてもらえるほど、腕を上げていた。

ふた回り目の客が引けると、英二がさちえを呼んだ。

「どうしたの英二さん？」

「親方にさっき、明日から二日間休みを取っていいと言われたんだ」

「へえー、珍しいね」

「おまえも一緒に休んでいいってことだ」

「えっ、本当。用なしになったのかな私達?」

「馬鹿言ってんじゃない。たまにはどこかへ遊びに行ってこいって」

「本当に?」

「本当だよ。そんなことおまえに嘘をついて何になるんだ」

「だって英二さん、嬉しがらしといて舌を出すから」

そうさちえが言うと、英二は舌をペロリと出して目をむいた。

しかしいざ休むとなると、英二は若い衆の仕入れ仕込みの言い渡しが大変だった。何やかやとやってるうちに、夜の十二時になってしまった。二人は仲之町のアパートに戻ると、どこか気が抜けたような顔をして座り込んだ。

「英二さん、明日どうしようか」

とさちえは聞いた。英二は天井を見ながら、

「そうだな、浅草で映画でも見るか?」

と唇を突き立てた。

「いや、それも考えがないな」

とまた腕組みをした。さちえはその恰好が親方の重造に似ていて、おかしかった。

「そうだ。温泉にでも行こう。一泊どこかいい湯宿に泊まって遊んでこよう」

英二は目を輝かせてさちえを見た。さちえも温泉と聞いて、どこか心がはなやぐような気がした。

「熱海《あたみ》がいいかな、俺は二年前に親方を迎えに熱海に行ったことがある。ありゃあいいとこだ、うん。でなけりゃ修善寺もいいな」

さちえは英二の口から出る地名が普段女将さんやお客さんから聞く地名と重なって、そこがひどく楽しい場所に思えた。英二と旅に行くなぞとさちえは考えたこともなかった。そうなると、二人とも眠れなかった。四時近くまで話をして、結局そのまま支度をして東京駅に行くことにした。

東海道線の始発列車がガタンと音を立てて動き出した時、さちえは夢を見ているような気分だった。

品川の海が見えて、川崎、鶴見を抜けて列車が横浜の駅に停車すると、弁当売りが大声を上げて窓を覗《のぞ》いた。

「腹が空いたな、弁当でも食べようか」

と英二が言った。そう言われればさちえもお腹がへこむような気がした。英二が窓から顔を出して売り子を呼んだ。

「生れて初めてだよ私」

膝の上に弁当を置いてさちえが言った。

「何が初めてなんだ？」

「駅の弁当を食べるの」

とさちえは子供のように嬉しそうな顔をした。

「美味《おい》しいね」

とさちえは言った。

「なかなかのもんだな」

と英二が答えた。

「でも英二さんの料理にはかなわないよ」

「なんだ急におせじを言って」

「おせじじゃないよ。私本当にそう思うもの」

とさちえは真剣な眼をして英二を見た。英二は人を真直ぐ見る時のさちえの眼が好きだった。それでもふと庭をぼんやり見ているさちえの顔に、ほうっておけないような淋しさを見つける時があった。そんな時、決まってさちえは右の手を彼女の首に当てている。さちえは右の耳下から首、胸にかけて大きな火傷《やけど》の跡があった。それを隠すようにする仕種《しぐさ》がさちえには身についていた。身をかがめて頬に右手を当てて築山《つきやま》を眺めているさちえの横顔は、どこか淋しさがあるように英二には見えるのだ。

列車が大船を過ぎたあたりから、英二は眠りはじめた。交替で少し休むか、と英二が言ったが、さちえは眠れそうになかった。

さちえは英二の寝顔をそっと見つめた。疲れていたのだろう、英二は首を縮めて寝ていた。いつも英二の顔には少年のような表情があった。さちえは窓の外を見た。さちえは自分が今しあわせだと思った。窓に急に明るい日差しが当たった。外を見ると列車は大きな川を渡ろうとしていた。鉄橋に入り、列車は光と影を交差させながら、汽笛を鳴らして渡り出した。窓にさちえは自分の顔が映っているのを見ていた。浮かんでは消え、消えては浮かんだ。すると急にさちえは不安になり始めた。いつの頃からかわからないが、さちえは自分が人並みにしあわせになれるはずがないと信じ込むようになっていた。だから、楽しいことがある時は決して必要以上に喜んではならない、と思っていた。このしあわせはきっとうそで、あとからひどく哀しいことが自分には待っているように思えるのだ。それは隣りに眠っている太い二の腕をした英二だって逆《さか》らえない、運命のようなもののような気がした。

大連で両親と別れて親戚の人に連れられた時から、たった一人の美与姉さんとも別れてしまったあの港町から、さちえは自分が行き着く場所は、暗い怖しい場所のような気がずっとしていた。仙竹の女将さんに可愛がられれば可愛がられるほど、さちえは不安になる時があった。しかし英二と居る時には、不思議とそんな感情が起こらなかった。それが今こんなに楽しい時に、ふと湧いて来たのがさちえは嫌だった。

そんな気持ちになった時、さちえは自分の右頬が焼けたように熱くなる。目がしらも熱くなるのだが、泣くことだけはしなかった。そうしなければいけないんだ、泣いてはいけないんだよ、と美与姉さんに言われた。だから涙をこらえることはできるのだけど、さちえはその時本当は自分は半分泣いているのだと思う。涙が出ないで泣いている。

さちえは夢で美与姉さんを見たような気がした。名前を呼ぼうとした時、

「おい、もうすぐ着くぞ」

と英二に膝を叩かれて目覚めた。いつの間にか眠っていた。列車は山間《やまあい》から海の見える熱海の駅に着いた。

熱海駅を降りて、二人は駅舎の隣りにある案内所で宿を探した。案内所は営業を始めたばかりらしく、眼鏡をかけた男が英二とさちえを品定めをするように上から下まで見つめて欠伸《あくび》をしながら、

「熱海の旅館は皆料金が高いよ」

と言った。少しのお金を用意してきていたものの、面とむかってそう言われるとさちえは心配になった。

「なるたけ安いところで、お湯がいいところがいいんです」

とさちえは言った。男は鼻で笑うようにして、宿泊予定日などを記した小紙と地図を二人に渡した。

「あとで電話をしておくから」

と男は、また欠伸をした。

「失礼な野郎だ」

と英二が吐き捨てるように言った。さちえも同じ気持ちだった。渡された地図を見て歩いて行くと、宿は以前英二が親方を迎えに行った海側の町ではなく、駅裏を回って少し山を登った坂の途中にあった。旅館というより寄り合い所というほうが似合う建物だった。

玄関に立つと、脱ぎ捨てた下駄が三和土《たたき》に転がっていた。老婆に案内をされて角部屋に入った。四畳半ばかりの部屋で窓は閉め切ったままで、少し埃《ほこり》の匂いまでした。英二はその部屋を見た途端に、頭に血が上った。若いと思ってなめやがって、別におかしな身なりをしている訳ではない。

「すみません、もう少し広い部屋はありませんか」

と英二は老婆に聞いた。あっ、そうかね、と老婆は言って、暗い廊下を歩いて別の部屋に案内した。そこは床の間にバケツが置いてあった。窓から薄明りが入っている分だけ、変色した畳とカビ臭い壁がよく目立った。英二は目の玉を大きく開いて肩で息をしていた。それは英二が怒っている時にする仕種だった。

「私はここでいいよ。でも英二さんが嫌ならよしていいよ」

とさちえは英二に笑いながら言った。英二は答えないで、

「おばさん、いいよ。他をあたるからかんべんしてな」

と言って荷物をかかえた。駅にむかう途中の道で、英二は怒ったように前だけを見て歩いていた。そうして案内所に入った。さちえはあわてて英二の後ろに従《つ》いて行った。案内所の男は先刻の男と違っていた。

二人は熱海から列車に乗って三島駅で降りて私鉄に乗換えた。

「まだ怒ってんの？」

さちえは英二の顔をのぞきこむように言った。英二は黙って外を見ていた。列車は狩野川に沿いながら、伊豆長岡駅に着いた。三島の案内で宿を聞いたら、今はシーズンだからむしろ手前の大仁《おおひと》か長岡の方がいいだろうと言ってくれた。

「さあ降りるよ、英二さん」

二人は駅を降りて、千歳橋を渡って長岡の温泉街へ入った。

「ねえ、蜜柑《みかん》の匂いがするね」

さちえは英二の機嫌がなおるのを待っていた。英二も歩いているうちに、楽しいはずの旅を自分がへそを曲げてもしようがないな、と思った。古い旅館の並ぶ通りの角

に小さな煙草屋があった。英二はそこで煙草を買った。

「新婚旅行かね」

と煙草屋の奥から老婆が言った。二人とも顔を見合せて思わず笑った。

「そんなものだよ。宿を探してるんだけど、ありませんかね」

英二の口のきき方は熱海の時と違っていた。

「今時分はまだ客が引ける頃だから、どうかね。宿を探しているなら探しといてあげよう。少しこの辺りを見物してから戻って来るといいよ」

老婆は表に出て来て、英二とさちえの二人を見て、ニコニコとうなずいていた。二人は煙草屋に荷物を預けて、老婆の言ったロープウェイの乗り場まで歩いた。途中、源氏山公園の先に毘沙門天をさちえが見つけた。

「神楽坂と同じだよ」

とさちえは嬉しそうに言った。そうして毘沙門天の前でさちえは手を合せて祈っていた。ロープウェイは二人の他に、老夫婦と若い男が乗り込んでいた。

ロープウェイが動き出すと、さちえは窓に頬を寄せて葛城山の頂きを見つめていた。

やがて木々の間から伊豆の山並みが見え始め、段々になった蜜柑畑を過ぎるあたりから眼下に三津浜《みとはま》と内浦湾が拡がった。そうするうちに七月の日差しを大海原に輝かせた駿河湾が、青い水平線を球型に形作ってあらわれた。

「わあ、綺麗だね、英二さん」

さちえは子供のように鼻を窓ガラスにつけて新緑の山景と青い海原を見つめている。光りの中で、さちえの右頬が白く透《す》き通って見えた。その横顔を眺めていて英二は旅に来てよかったと思った。山頂に着いて、二人は雑木林を抜け、桜並木を歩いた。細い山道の両脇に白い花をつけた山花が咲いていた。

昼を過ぎて二人は煙草屋に戻った。老婆は済まなそうな顔をして、自分の知っている旅館はどこも駄目だったと言った。英二もさちえもどうしたらいいのか、途方に暮れた。

「どうだろう。日もまだ高いから修善寺まで出てバスで天城《あまぎ》を越えて下田の港に行ってみたら、下田なら宿も多いから……」

バスは杉、檜《ひのき》が空をつくようにそびえる峠道を、右に左に乗客の身体を揺らしながら天城を越えて行った。

英二もさちえも笑っていた。二人の目の前に、湯ケ島で乗り込んで来た若い女学校の娘達が四人並んで座っていた。

「ねえ、歌いましょうよ」

と女の子の一人が言い出して、バスの中に娘達のコーラスが流れはじめた。山道が日陰に入ると娘達は緑色の陰の中に染まり、空の抜けた崖道にかかると、青い光りの中で天使のように輝いていた。よほど仲の良い娘達なのか、彼女達の足元に置いたリュックサックはどれも同じ赤いリボンがつけてあった。娘達は次から次に、美しいコーラスを続けた。

歌いながら笑い、笑っては歌っていた。それに連れて足元のリュックサックから顔を出している桃色や黄色の花が揺れていた。

英二はまるで自分が映画の中の一場面にいるような気がした。ふとさちえを見ると、さちえは彼女達の歌に合せて調子を取るように小首をかしげていた。

「何か歌いませんか」

と娘の一人がさちえに言った。さちえは恥ずかしそうに頬を赤くして首を振った。

「好きな歌はあるでしょう」

そう言われてさちえは英二の顔を見た。英二が笑っていると、

「隅田川《すみだがわ》」

とさちえは、はっきりとした声で言った。

「花ですね。いいわ、隅田川歌いましょう」

バスの中に、春が来たような清らかなコーラスが始まった。英二は目を閉じてその歌声を聞いていた。正面から聞こえる四人の声にまじって、かすかに左手からさちえの声が聞こえた。

――春のうららの隅田川、のぼりくだりの船人が、櫂《かい》のしずくも――

この歌をさちえはアパートでよく歌っていた。そのさちえの歌声を聞いているだけで、英二は心がなごんだ。さちえが歌う以前にも英二はこの歌を誰かが歌っていたのを聞いていた気がする。しかしそれがどこで誰が歌っていたのか思い出せない。メロディーを聞いているとなぜか懐かしい気がするのだ。

バスが下り道を降り始める頃には、窓に差し込む日差しも、柔らかい赤味を帯びた光りになっていた。民家がちらほら見えると小さな丘をバスはぐるりと回った。する

と前方に傾きかけた夕陽に海を黄金色に染めた相模灘《さがみなだ》が現われた。下田港であった。

下田港に着いてから、英二は何軒かの旅館を回った。港はもう夕暮れになっていた。どの旅館も空いていなかった。英二はバスの停留所に待たせたさちえを気にかけながら、宿を走り回った。

英二は半分あきらめて停留所に戻った。さちえは停留所のベンチに一人で腰を掛けていた。英二の姿を見つけると、

「あっ、英二さん、おいてきぼりなのかと思って、私心配しちゃった」

とさちえはゆがんだような作り笑いをして言った。

「どうしてこう、どの町も宿がないんだ」

と英二は強い口調で言った。

「さっきバスの案内で聞いたんだけど、伊東ならどうにかなるかも知れないって」

「もうたくさんだ。皆して俺達を馬鹿にしやがって、よしもうひとっ走り行って、なんとか宿を見つけて来るから、ここでしばらく待っていな」

とまた英二は走り出した。さちえはその後背に向かって、

「英二さん、あと三十分で伊東へ行く最後のバスが出てしまうから、三十分で必ず帰

って来てよ」

と声を出した。わかってるよ、きっと見つけて来てやるから……、と英二は夕闇の中に消えて行った。

ポツンと裸電球の点った停留所に、さちえはひとりでとり残されると、冷たくなった潮風がさちえの足元をさらって、急に身体が寒くなるのを感じた。遥か彼方に灯台の灯りが点滅していた。背筋がひんやりとして両方の肩が小さく震え出していた。待っていると、必ずさちえはとり残された。大連の町を出て、親戚の家へ姉と二人で行く時も、いいかい迎えに行くから、と両親は言った。船に乗ろうとする人達でごった返していたあの港町でも、姉はすぐに戻って来るからと言った。さちえにやさしくしてくれた人は皆約束をして戻って来なかった。

バスが停留所に着いた。

「お客さん、伊東行きの最終ですよ」

と男の車掌が声をかけた。

「すみません。うちの人が今そこまで用を足しに行っているんです。すぐに戻って来ますから少し待って下さいませんか」

さちえは両手を合せて車掌に言った。車掌は腕時計を見て、うなずいてバスの中に戻った。運転手が車のエンジンを切った。さちえは停留所から出て、英二の走って行った方角の道を歩いた。細い下り坂が闇の中へ続いていた。その闇を目をこらして眺めているうちに、さちえは英二がここへ戻って来ないような気がした。やっぱり自分はとり残されてしまったのだ。英二と結婚をして、人並みのしあわせを得ることができたと考えた自分が間違っていたのだ。私は小さい頃からずっとこうだったんだ。潮騒《しおさい》の音なのか、背後を流れる川のせせらぎなのか、水の流れる不気味な響きがさちえの小さな身体をおおって押し流そうとしていた。さちえは自分が立っている場所が、どこなのかもわからなくなるほど、身がすくんで行った。やっぱり英二さんは行ってしまったのだ。あんなに楽しい時間が、私にやって来ることが変だったのだろう。

「お客さん、もう出発するよ」

車掌は坂道の上で立ちつくしているさちえの背中に声をかけた。

「すみません、もうすぐ戻って来ますから」

とさちえは言いたいのだが、唇が、喉が乾いて言葉にならなかった。

もう私はやって行けない。これ以上、人を待つのなら、ここで私自身がいなくなってしまった方がましだ。

バスのエンジン音がした。車掌の声が遠くに聞こえた。泣いてはいけないんだよ、と姉の声がした。ずっとそうして生きて来たのに、もうこれ以上はやって行けない、とさちえは呟いた。

その時、待てえ、待ってくれえー、と耳の奥で英二の声が聞こえた。さちえはかすかに聞こえた声を両方の目を見開いて探した。坂道の下の方から小さな人影が見えた。待ってくれー、待ってくれー、さちえの視界に人影は段々と大きくなって、見覚えのある広い肩幅の英二が手を振りながらやって来た。その顔が、息を切らせながら食いしばっている歯が見えた途端に、さちえの目から大粒の涙が溢れ出した。

伊東の駅に着いて、二人は列車で熱海へ行った。熱海に着いて二人とも顔を見合せ、今朝方入った案内所を見た。案内所はすでに営業を終えていた。列車の時刻表を見ると、まもなく東京行の東海道線の最終列車が着くところだった。二人はその列車に乗って東京へ戻った。

神楽坂の坂を上りながら英二が言った。

「なんだか変な旅行だったなあ」

さちえはうつむいたまま首を横に振って、

「そんなことないよ。とっても楽しかったよ、私は」

とはっきりした口調で言った。二人は神楽坂の頂上まで来ると、風の下る外堀通りを振り返った。英二は坂上から見るこの街の風景が好きだった。いろんなことがあった一日だと思った。泣きながら英二の腕に飛込んで来たさちえを見たのは初めてだった。よっぽど心細かったのだろう。

さちえは澄んだ目で遠くを眺める英二の横顔を見つめていた。そうして、私はもう一人ではないし、とり残されたりはしないんだ、と自分に言い聞かせた。今日を限りに、私は生まれ変わらなくてはいけない。生まれ変わるんだ、佐古《さこ》さちえは死んで、羽生《はぶ》英二の妻として、羽生さちえとして生きなければいけないと唇を嚙んだ。

すると、英二が何かの歌を口ずさんだ。さちえは初めて聞く英二の歌に顔を上げた。

「英二さん、今何か言った?」

英二は笑っていた。

三

くちなしの花は、六月の月明りに青白く浮かんでいた。さちえはカーテンを閉じて廊下に出ると、階段を上って美津子の部屋のドアを軽く叩いた。返答のないかわりにドアが自然に開いた。

美津子はテーブルに顔を埋めて眠っていた。さちえは起こそうとして美津子の肩を抱いた。肩越しに美津子の横顔が見えた。長いまつ毛だった。ちょっと上向きの、美津子が整形をしたいと冗談を言っていた鼻が寝息を立てていた。この子の鼻は、夫と瓜ふたつだ、とさちえはその時初めて気づいた。やっぱり親子なのだ。テーブルに散らかった海外旅行のパンフレットが顔の下にあった。ブルーの海にボールペンで記した走り書きがあるのが目に入った。

宮沢美津子、とその文字は記されてあった。娘の癖のある文字だった。さちえは胸を打たれたような気がした。美津子はもう別れる準備をしているのだ。

さちえは肩を抱いた手を放して、美津子の隣りに座ると、机に頰杖《ほおづえ》をついて娘の顔をのぞいた。短く切った髪も案外とこの子に似合っていると思った。指先でその髪に触れてみた。針の山が指の先で、チクチクと痛いような、こそばゆいような感触がした。

えくぼ

東京には各所に、男坂、女坂と名づけられた坂がある。

坂に、男、女と性をつけたのは、別に艶《つや》っぽい理由があるわけではない。大正十三年の夏に東京の区画整理が行なわれ、その折、同一区画、同一の場所にふたつの坂があった場合、勾配《こうばい》の急な方の坂を〝男坂〟、それに比べてゆるやかな坂を〝女坂〟としただけのことである。

この男、女の坂で名が知られているのは湯島天神の境内《けいだい》に登る〝天神男坂〟と〝天神女坂〟である。三十八段の坂を一気に登るようになっているのが男坂。対してゆるやかな勾配と中休みできる踊り場がある方を女、子供が好んで登ったので女坂となっている。その湯島天神から南にむかうと左方に神田明神《かんだみようじん》があり、ここにも〝明神男坂〟と〝明神女坂〟がある。さらに南へ行き聖橋《ひじりばし》を越えると神田駿河台《するがだい》に着く。この駿河台から猿楽《さるがく》通りへ下ろうとする一角にも、ただ男坂、女坂と名があるだけのちいさな坂が、古くからある中学校と高校の校庭をはさむようにして並んでいる。

年の瀬もおし迫った十二月の或る午後、猿楽通りを小川町方向から一人の女が足早に歩いていた。

ベージュのロングスカートに白いブラウス、ワインレッドのカーディガン、肩から黒いショールを羽織った姿がいかにも近所に出かけたふうで、彼女がこの界隈《かいわい》の住人だとわかる。右胸にピンクの包装紙に赤いリボンがかかった小箱を抱くようにして歩いていた。錦華《きんか》公園から通りが左にややカーブすると、水道橋の方から足元を攫《さら》う風が吹き寄せた。女はその風を避けるように通りを右に折れ、小径《こみち》に入った。いつもならこのあたりにはM大学附属中学校と高校の校庭から賑《にぎ》やかな子供たちの声が聞こえるはずだが、冬休みに入った今は拍子抜けするほど静かだった。やがて前方に〝女坂〟が見えた。女は坂道の前に立つと上方にちらりと目をやり、唇を真一文字に結んで登りはじめた。坂上から吹き下ろす風が女の白髪まじりの髪を揺らす。それでも彼女は休むことなく中休みの踊り場まで一気に登り、そこで大きくタメ息をついた。そうして彼女は踊り場の手摺りに身体を預け、師走《しわす》の東京の空をゆっくりと眺めた。風の強い分だけ、空は澄み渡っている。

「ねぇ、いい天気だわね……」

女は誰かに話しかけるように声を上げた。

「こういう青空をあなた、真澄《ますみ》の空って言うのかしら？　ねぇ、そうでしょう」

坂上から学生たちが数人笑いながら駆け下りてきて、女が独り言を言っているのに気付き、彼女の顔をじろじろと眺め、急に早足で階段を下りていった。そうして坂の下方から皆して女を仰ぎ見て一斉に笑い合った。

女は若者たちの行動には目もくれないで話を続けていた。

「ねぇ、こんな天気の日には皆してどこかへ出かけたいわね。ねぇ、そうでしょう」

返答する人はなく、風だけがすぐ背後に聳《そび》える欅《けやき》の枯れ枝を鳴らしていた。赤児《あかご》の泣き声に似た音色を耳にし、彼女はぷつりと話を止めた。そうしてうな垂れると静かに振りむき、残る十数段の階段を登りはじめた。その足取りには先刻の力強さは失せ、重い石でも引き上げるように一階段一階段ゆっくりと進んでいった。

坂上から左へ折れると、女は三軒先にあった五階建てのビルに入った。同時にエレベーターが開いて中から小犬を抱きかかえた女が出てきた。

「……こ、こんにちは」

相手があわてて挨拶した。

「斎藤《さいとう》さん、夜中に犬がうるさいわよ。あんまり吠《ほ》えるようなら出ていって貰います からね」

「す、すみません。大家さん、今、この子、ちょっと盛《さか》りがついちゃって……」

「盛りがついてるのは犬だけなの」

その言葉に相手の顔色が変わった。相手の様子などおかまいなしに女はエレベーターに乗り込み最上階のボタンを押した。ドアが閉じてエレベーターが動き出すと、女は大きなタメ息をついた。

——どうしてこんなに底意地の悪い女になってしまったのかしら……。

別に、あの店子《たなこ》と、小犬が憎いわけではなかった。誰かと口をきけば知らぬ間に毒突いている自分がいる。言わずもがなを口にしている。それに気付いた時はすでに相手の顔色が変わり、女の言葉を聞いていた周囲の人たちまでが呆《あき》れ顔で見ている。その表情を見て、また毒突いてしまう。

夫の慎次郎《しんじろう》が生きていて、今の自分を見たらどれほど叱《しか》るだろうか。慎次郎だけではない。息子の陽一《よういち》も、孫の陽《あきら》も、こんな私を見たら、こんな母さんは、そんなお祖母《ばあ》ちゃんは嫌いだと口もきいてくれなくなっていただろう。

「叱られても、嫌われてもいいから、皆帰ってきて欲しい」

女は子供が駄々をこねるように言った。

彼女の両目から大粒の涙があふれ出していた。エレベーターが開いた。最上階は女だけの住居だった。六十八歳の女が一人で暮らすには広すぎる住いだった。エントランスに立ちドアの鍵を差し込んだ。ドアの中央にぶら下がった木板の表札の文字が涙でかすんでいる。伊東吉乃《いとうよしの》という女の名前がカラフルな色彩で塗られている。八年前に近所にある文化学院の文化祭に行き、注文したものだ。

ドアを開けると室内は装飾品であふれていた。アンティークの洋家具、色とりどりの花瓶に挿されたドライフラワーと原色のアートフラワー。壁には余白がないほど額がかかっている。色彩の賑やかさはそのまま奥のダイニングまで続き、テラスの観葉植物まで繫《つな》がっている。

女は足元をふらつかせながら、テラスのそばのソファーに腰を下ろすと、テーブルの上にあった木箱から抗鬱剤《こううつ》を出し、震える手でグラスに水を注《つ》いで薬を飲んだ。そうして目を閉じ、ソファーに身体を埋めるように横になった。あざやかすぎる色彩の海の中で寝息を立てはじめた女の姿は哀れであった。

吉乃は夢の中にいた。

彼女は一人で曠野《こうや》を歩いていた。その夢のはじまりはいつも同じだった。濃灰色の雲が低く垂れ込めた空の下に瓦礫《がれき》の荒地が連なっている。草も木も、人の気配もしない。寂寥《せきりよう》の風景の中をただ歩き続ける。ずっと曠野をさまよい続けて終わることもあった。が、その日の午睡の夢は違っていた。遥か丘の上方に一条の光が見えた。吉乃はその光を見つけると、懸命に走った。やがて彼女の髪を撫《な》でるようなやわらかな風が吹きはじめ、草の匂いがしはじめ、かすかにせせらぎの音も聞こえてきた。人の声がする。

——誰かがいる。きっとあの人たちだ……。

最後の丘を越えると、そこは黄金色にかがやく平原だった。よく見ると一面に花を咲かせた向日葵《ひまわり》畑がひろがっていた。

笑い声がした。声のする方に目をやるとちいさな人影が跳ねるように向日葵の中を走っていた。みっつの人影。先頭を走っているちいさな影は孫の陽である。そのうしろを息子の陽一と夫の慎次郎が追い駆けている。

「な〜んだ、皆、こんなところにいたのね」

吉乃は嬉しそうに言って、丘を駆け下りていく。

オーイ、オーイ、アキラチャン、ヨウイチ、アナター……、彼女が大声で呼んでも三人はただ夢中で遊んでいる。ようやくそばに着いて、陽に手を伸ばした。すると陽はするりと数メートル先に離れた。アキラチャン、ババヨ、アキラチャン、何度呼んでも吉乃の方を見てくれない。ヨウイチ、アナタ、アナタ……、二人も同じだった。吉乃は慎次郎に走り寄った。途端に夫の姿が目の前から失せた。

「アナター」

吉乃は大声を上げた。

その声で、彼女は目覚めた。

窓の外を見ると、すでに冬の陽《ひ》は落ちて部屋の中を冷気がつつんでいた。

彼女は戸惑うように部屋の中を見回し、ゆっくりソファーから起き上がり、キッチンに行き顔を洗った。キッチンの壁にかけた小鏡の中に泣きはらした女の顔が映っていた。年老いた女の顔だった。

——しっかりしなくては……。

抗鬱剤が効いたのか、彼女は冷静に自分を見つめることができた。ダイニングに行き、ソファーのマットを整えた。テーブルの上に抗鬱剤の錠剤が転がっていた。よほどあわてて服用したのだろう。錠剤を片付けながら、こんな薬に頼るようになった自分が情けなく思えた。

吉乃は生まれてからこのかた病気らしい病気をしたことがなかった。それが去年の秋の終わりあたりから、知らぬ間に塞《ふさ》ぎ込んでいる自分に気付いた。夫を亡くし、息子と孫を同時に亡くしてひとりきりになった女の精神状態がおかしくなってもなんの不思議もないのだろう。夫が死んだ後も気丈夫に生きてきたつもりだが、どこかで無理をしていたのかもしれない。そのことに昨日、精神科の医者の何気ない質問で気付いた。

「伊東さん、近頃、何か気がかりなことがおありではないのですか」

「気がかりって?」

「ですから、最近の暮らしの中での心配事とか、今までの人生の中で気になっていることとかです」

「人生？　先生、私はひとりで生きてるんですよ。気がかりなことなんかありゃしませんよ」

「そうですか。でも少し考えてみて下さい。そうして、どんな些細《ささい》なことでも私に話して下さい」

若い医師だが、丁寧なもの言いとやさしい目に吉乃は信頼を寄せていた。

——気がかりなことか……。

吉乃は胸の中でそうつぶやきながら、テーブルの上をぼんやりと見た。

そこに赤いリボンがかかった可愛い箱が置いてあった。彼女は箱を見つけて微笑《ほほえ》んだ。箱を抱くようにして南側にある小部屋に入った。その部屋は他の部屋と様子が違っていた。派手な装飾は何もなく右隅にしっかりした机が置かれ、文房具とパイプが数本、本棚に古い本が入っている。左の壁には同じサイズの額縁に入った絵画が数点かかっていた。正面の壁にはちいさな祭壇が作ってあり、そこにマリア像があった。祭壇の前に美しいテーブルクロスをかけた小テーブルがあり、その上に三個の写真立てが仲良く並んでいた。

右端の写真立てには、パイプを銜《くわ》えて煙りをくゆらせて笑っている夫が写っている。上機嫌の時の夫の顔だ。彼女が一番好きな慎次郎のスナップである。左端の写真立てには海を背にヨットの甲板の上で笑っている陽一。そして真ん中に、水族館のイルカのショーを見学した夏、嬉しそうにVサインをしている陽が写っていた。

慎次郎は十一年前に癌《がん》を患《わずら》って先立った。慎次郎の父も兄も癌で死んでいるから、そういう体質だったのかもしれない。

夫の死は寿命だったのだと思っている。夫が息子と孫の死に直面しなかっただけでもよかったと吉乃は思う。

だが息子と孫の死は寿命とは思えなかった。あの日、自分が陽を学校に迎えにいけばよかったと今も悔《く》やんでいる。出張での仕事が予定より早く済み、有給休暇を取らされた陽一が急に帰宅し、陽を迎えにいった。陽は突然あらわれた父親を見て、横断歩道を斜めに走り出したと事故の現場を目撃していた人が言っていた。突っ込んできたダンプカーに気付き、陽一も道路に飛び出した……。八年前の春のことだった。

それが息子と孫の寿命だったとは、吉乃にはどうしても思えない。

写真の中で微笑む陽一と陽を見て、彼女はまたタメ息をついた。

――イケナイ、イケナイ……。

彼女は自分に言い聞かせるようにつぶやき、箱のリボンをといた。中から出てきたのは額装された絵だった。

「来年はこの絵を選びました。どうでしょうか、慎次郎さん。どうですか、皆さん」

彼女は写真の方に絵をかかげて言った。そうして祭壇の脇にあった絵を外し、新しい絵をそこに掛けた。

ゴッホの〝向日葵〟だった。外した絵も同じ画家の向日葵を描いた作品だ。外した〝向日葵〟を左の壁にかけた。そこには合わせて十一点のゴッホの〝向日葵〟が並んでいる。慎次郎が亡くなった年から一年に一点ずつ注文し、部屋に置いてきた。

老舗《しにせ》の製薬会社を経営する家の次男に生まれた慎次郎は父親が早逝《そうせい》し、絵画を勉強することを断念し、兄が社長を務める会社の重役になった。フランスにも一度留学していたほどだから、慎次郎は絵画への造詣《ぞうけい》が深かった。

夫はヴァン・ゴッホの作品と人柄をこよなく愛していた。吉乃は夫からゴッホの話をよく聞かされた。その中でも吉乃の好きな逸話《いつわ》があった。

『ゴッホは狂気の画家なんかじゃないんだ。ゴッホを生涯助け続けた弟のテオに赤児が生まれた時、兄のゴッホは弟の家に駆けつけて、その赤児を何時間も身動《みじろ》ぎもせずに見つめていたんだ。画家の目は美しい赤児を見てかがやき、最後には涙を流していたんだ。そうして弟のテオに言うんだ。これは天使だよね、と。素晴らしい人なんだ』

吉乃には弟の赤児を見つめるやさしい兄の姿と純粋な画家の気持ちがわかる気がした。

陽一が誕生した日、夫は画家と同じ行動をした。結婚当初から二人は子供を望んだが、なかなか授からなかった。病院へも通い、寺、神社にも参拝した。三年目にやっと子供を授かった時、二人は喜んだ。陽一を見て涙を流す夫の姿に、吉乃はいつか聞いたゴッホの話を思い出した。同じことを陽一は陽が生まれた日にしていた。陽一の頬を伝う涙を見て、慎次郎の息子なのだと思った。それほどまでいつくしまれて誕生した子供たちがなぜ死ななければならなかったのか……。

——何か気がかりなことはありませんか？

医師の言葉が耳の底に響いた。

——私はひとりだもの、そんなものはありませんよ。

そう返答したものの、気がかりなことがないわけではなかった。

電話が鳴っていた。吉乃は部屋を出てダイニングのサイドテーブルの上の電話機を取った。

「伊東さん、今、テレビにマツイが出ているよ。×チャンネル」

神保町《じんぼうちょう》の喫茶店のマスターからだった。

テレビを点《つ》けると、その若者が映っていた。いい笑顔である。孫の陽の笑顔によく似ている。一目見た時から陽のあいくるしい表情と重なった。美しい笑顔だった。吉乃はその笑い顔を見ていて、これは天使の笑顔だと思った。

吉乃はそれまで格別野球に興味はなかった。だからこの若者が今年、メジャーに挑戦したことも知らなかった。ヤンキースというチーム名も初めて知った。

若者の存在を知ったのは、週に何度か立ち寄る神保町の裏路地にある喫茶店のテレビを見てからだった。

三月の或る日、いつものように喫茶店のドアを開けると、右隅でぺちゃくちゃと話していた数人の女たちが吉乃の姿を見た途端、急に目を丸くして口をつぐんだ。

「どうしたのさ、急に静かになって、また私の悪口を言ってたのかい」

吉乃の言葉に奥に座った眼鏡の女が不満気に言った。

「私たち、人の悪口なんか話したことありません。それにどうして伊東さんの話をするんですか？」

「そうかい。じゃ三日前に、そこの角の中華料理店で、伊東って女のあることないことを話してたってのは、あんたたちのことじゃないってのかい」

女たちが口をおさえて顔を見合わせた。

「あの店はあんたたちがまだヒヨッコの頃から私と主人が通ってた店なの。私が淡路町の煎餅《せんべい》屋の店員をいじめたって？　そんな噂話して面白いのかね」

「………」

女たちは黙りこくった。

「伊東さん、いつものですね」

カウンターの奥からマスターが言った。

「お願いします。マスター、やっぱりあの連中、私の悪口言ってたんでしょう」

「違いますよ。伊東さん、人をそんなふうに考えちゃいけません」

「そうよね、マスター。被害妄想よね」

女の一人が言って、皆がうなずき合っていた。

マスター、お勘定、と言って、女たちが立ち上がった。吉乃に会釈《えしゃく》しながら女たちが背後を通り抜けようとした時、あっ、マツイだ、マスター、テレビの音を大きくして、と女の一人が言った。マスターがテレビのボリュームを上げた。

「いや、たまたま打てただけです。でもラッキーでしたね……」

帽子を被った若者が嬉しそうに笑っているのが画面に映っていた。ホームランを打ったんだ。頑張ってるわね。本当にいいわね、マツイって……。背後で女たちが誉《ほ》め合っていた。性格がいいのよ、この人は。そう、やっぱり性格よね……、女たちが遠回しに嫌味を言っているのがわかった。その時、吉乃の肩を叩く女がいた。

「何よ?」

振りむくと、先刻の眼鏡の女がテレビを指さして言った。

「伊東さん、マツイって一度も人の悪口言ったことがないんですって、知ってました?」

「何言ってるの、人の悪口を言わない者が世の中にいるもんですか。嘘に決まってるじゃない」

吉乃はテレビを見上げた。

途端に彼女は黙り込んだ。テレビの中の若者の笑い顔が孫の陽に驚くほど似ていた。

「この人、誰なの、マスター」

「ヤンキースのマツイ選手ですよ」

「ヤンキースって？」

「知らないんですか、アメリカの野球チームの名前ですよ。ジャイアンツにいたマツイ選手が今年、アメリカに渡ったんですよ」

「野球選手なの。何ていう名前？」

「マツイ、松井秀喜《ひでき》選手です」

「……マツイね。いい笑顔ね」

吉乃はその若者の顔をじっと見ていた。

「伊東さん、これ、例の紹介状。診察は四月の第二週の木曜日の午前中です」

「あっ、どうもありがとう。マスター、このこと内緒にね。あの連中が聞いたら何を言われるかわかったもんじゃないから……」

「わかってます。若いけどいい先生らしいですよ。私の姉がひどい更年期障害でノイローゼになった時に診《み》て貰ってましたから」

「マスター、内緒だって言ったでしょう」

「わかってますって」

マスターが笑った。

「どこのマツイだったっけ?」

「ヤンキースのマツイです。伊東さん、野球に興味があったんですか」

「そんなものありません」

「もうすぐ開幕ですから朝のテレビでマツイの試合は見られますよ」

「ふぅ〜ん、そうなの……」

吉乃はその夜、ひさしぶりにテレビのスポーツニュースを見た。マツイのホームランの映像が映し出され、インタビューがはじまった。

「いや、たまたま打てただけです。でもラッキーでしたね……」

帽子の庇《ひさし》に手を当てながら嬉しそうに白い歯を見せた若者の顔はやはり孫の陽によく似ていた。

「本当によく似てる……」

吉乃はつぶやき、美しい若者の笑顔を見て、知らぬ間に笑い出していた。なんだかしあわせな気分になってきた。

その日から吉乃はマツイのテレビ放映を見るのが日課になった。

喫茶店に行っても、マツイのニュースを放送する時間になると、マスターにテレビを点けて貰った。

「伊東さん、えらくご執心ですね」

マツイの顔がテレビに出てくると周りの声も聞こえなかった。

マスターに紹介状を貰って、初めて診察を受けたN大学病院の心療内科でも、吉乃はマツイの話をした。

カウンセリングは退屈な会話が続いていたが、医師から、今、何か楽しみはありますか、と訊かれた時、ヤンキースのマツイ、と吉乃は返答した。途端に医師の目がかがやいて、いや、僕もマツイの大ファンなんですよ、と身を乗り出してきた。

「ヤンキースタジアムでの満塁ホームランはご覧になりましたか。いや、すごかったですよね、あのホームラン。感激しましたよね」

――この先生、いい人なんだ……。

その後からは吉乃も素直に医師の話を聞けたし、自分の症状を正直に話すことができた。

それからは病院に通うというより、マツイの話をしにいく気分で通院できた。

四月からシーズンの終了する十月末まで、二人の会話はカウンセリングというより茶飲み話をしているような楽しさがあった。

「伊東さん、五月になってマツイの調子が今ひとつですね。メジャーはやはり手強《てごわ》いですね」

「大丈夫よ。あの子はきっと打ちはじめるわよ。私たちがついてるんだから」

「そうですよね。僕たちが応援してますからね」

「……いや、伊東さんの言われていたとおりに打ちはじめましたね。六月の新人王候補ですよ」

「だから心配ないって言ったでしょう」

「伊東さん、ここのところ具合いがいいようですね」

「そうね。気分も悪くならないわね」

「……オールスターに出場しますね。楽しみな夏ですね。日本人選手が三人も選ばれたなんて気分がいいですね」

「そう、私はあの子だけしか知らないから」

「……後半戦、いきなりのサヨナラホームランでしたね。マツイも喜んでましたね」

「そうね、本当に嬉しそうだったわね」

「……九月はちょっと調子良くないですね」

「大丈夫よ。五月の時もそうだったでしょう。今から調子を上げてワールドチャンピオンになります」

「……アメリカンリーグ地区優勝おめでとうございました。マツイがチームにいなかったらぞっとするなんて、ジアンビもいいこと言いますよね」

「本当の戦いはこれからよ。ポストシーズンに入ってからが勝負だもの」

「そうですね。おっしゃるとおりです」

「……いや、ツインズ戦のホームランは大きなホームランでしたね」

「あの子、嬉しそうだったわね」

「……伊東さん、私、泣きましたよ。見ましたか、マツイ選手が同点のホームを踏んだ後の、あのポーズ。あんなマツイを見たのは初めてでしたよ。嬉しかったんでしょうね」

「あの子があんなにしあわせそうな顔をしたのは今シーズン、初めてね」

「伊東さんの身体もすっかり良くなっていますよ」

「そうかしらね。そういえば元気になった気がするわ」

ワールドシリーズの第六戦が終わって、テレビからマツイの姿が消えた途端、吉乃の体調がおかしくなった。

「先生、どうして野球って一年中やらないのかしら……」

「そうですよね。野球が終わっちゃったら何か拍子抜けしちゃいましたね。あっ、いや、来シーズンがありますからね」

「でも春まであるんでしょう。私、どうやって生きていこうかしら」

それでも時折、マツイのニュースが放送される日はよかったが、顔を見る回数が減ると、吉乃は塞ぎ込みはじめた。

その夜、吉乃は誘眠剤を飲んだのだが寝付けそうになかった。

ベッドの中で灯りの消えた暗い天井を見つめ、昨日のカウンセリングでの会話を思い出していた。医師の顔が浮かんだ。

「伊東さん、そんな生まれついて意地の悪い人なんかいませんよ。子供の時は皆素直でいい子じゃないですか」

「それは先生が善い人だからそう思うんですよ。善人と悪人がいるように、生まれた時から性悪《しょうわる》な人だっていますよ」

「そんな人、僕は見たことありませんね」

「私はあるわよ」

「そうなんですか……。伊東さん、近頃、何か気がかりなことがおありではないのですか」

「気がかりって？」

「……今までの人生の中で気になっていることとかです」

――今までの人生の中で……か。

吉乃は目を閉じた。

瞼《まぶた》の裏にひとりの人影が浮かんだ。消え入りそうな細い人影だった。吉乃は目を凝らして人影を見つめた。人影の正体が誰なのか、吉乃にはわかっていた。

ユキコである。

吉乃は唇を嚙んだ。胸に置いた手が掛蒲団を握りしめている。ユキコの姿があらわれると吉乃は逆上してしまう。憎んでも憎み切れない女だ。吉乃の人生でこんなに人を憎んだ覚えはなかった。陽の母親で、陽一の妻であった女である。最初に顔を見た時から嫌悪が湧いた。一人息子を奪われてしまうという感情もあったのかもしれないが、それだけではなかった。肌が合わないというか、ユキコが自分を見つめる目や、陽一と交わす会話に寒気を感じた。それでも息子が選んだ相手なのだからと自分に言い聞かせたが、上手くいかなかった。吉乃のぎくしゃくした態度に気付いて、慎次郎から注意されたが、ユキコを見ているだけで鳥肌が立つようになった。

結婚式の前日、鹿児島から上京してきたユキコの両親に吉乃は、自分はこの結婚に反対していると言った。慎次郎に叱責《しっせき》されたが、吉乃は頑として主張をまげなかった。

吉乃ひとりが式を欠席した。陽一は何も言わなかった。息子の沈黙を吉乃はユキコに何か問題があるからだと勝手に決め込んだ。

吉乃との同居を拒んだのはユキコだった。ユキコはあからさまに吉乃を避けるようになった。三年経っても陽一たちには子供ができなかった。夫婦は病院に通ったり、子が授かるという寺、神社に出かけたりしていた。吉乃は自分が同じ思いをしたことを忘れて、子が産めない女は離縁すべきだ、と陽一に言った。陽一も悩んでいたが、そこまでの決心はつかないようだった。或る時、吉乃は息子の新しい嫁候補を探してきて、ユキコに内緒で陽一に逢わせた。ユキコはそれを知り、逆上して実家に帰った。三ヶ月後にユキコは戻ってきて、それからしばらくして妊娠した。懐妊の報告にやってきた二人を前にして、吉乃は沈黙していた。そうしてユキコが一人になった時、吉乃は、子供を産んだら家を出ていって下さい、と告げた。ユキコも、そのつもりです、と表情ひとつ変えずに返答した。後でその話を耳にした慎次郎がユキコを説得したが、ユキコの決心は変わらなかった。

「そういう女なんですよ。あの女は……」

吉乃は夫にも息子にもそう言った。

ユキコは陽を産んで二週間後に鹿児島に帰っていった。ユキコは病院で一度も陽の顔を見なかったと看護師から聞かされた。陽一が何度か鹿児島に説得にいったが、ユキコは承知しなかった。吉乃は陽の母親代わりになって孫を育てた。陽一は再婚しようとしなかった。

二人が交通事故で亡くなったとき、吉乃は他の家庭のように母親が子供を迎えにいっていればこんな目に遭うことはなかったのだとユキコを恨んだ。

ずっと憎み続けていた女への感情が、この八ヶ月余りで少しずつ変化しているのに吉乃は気付いていた。自分が思い込んでいた女とユキコは違う女ではなかったのかと……。どうしてそう思うようになったのか吉乃にもわからなかった。

——ともかく来週、先生に正直に話をしてみよう。

吉乃は胸の内でそうつぶやいて寝返りを打った。

一月の陽差しの中をリムジンバスは北にむかって疾走していた。

車窓から差し込む南国の陽差しは春のようにあたたかだった。吉乃は高速道路脇にひろがる竹林をまぶしそうに眺めていた。

――綺麗なところね。

彼女は連なる山の尾根に目を移した。青く霞《かす》む稜線のむこうに、去年の年の瀬、吉乃に助言をしてくれた医師の笑顔が浮かんだ。

「……そうですか。そんなことがあったんですか。大変でしたね」

ユキコの話をすべて打ち明けた後、医師はうなずきながら吉乃を見た。

「先生、私は間違ってたのでしょうか」

「さあ、それはわかりませんが、でも伊東さん、今日、私にそれを打ち明けられて少し楽になられた感じはありませんか」

吉乃はこくりとうなずいた。

「先生、私はどうしたらいいのでしょうか」

「その方は今どこにいらっしゃるのですか」

「二年前に病気で亡くなりました」

「そうですか。……なら一度、お墓参りにでも行かれてみてはどうですか？」

「お墓参りに……。けどお墓の前に行くとまた以前のように感情が昂《たかぶ》るかも……」

「そうなったら戻ってこられればいい。けどそんなふうにはならないと思いますよ」

「どうしてですか？」

「人間は許し合うものだからです」

「私はまだあの女を許してはいないかもしれないんです」

「そうでしょうか。私にはそう思えません。伊東さんの今のお顔はこれまでにないほど綺麗に見えますから……」

「先生、冗談をおっしゃってるんですか」

「いいえ」

医師は真顔で言った。

「でもどうしてこんな気持ちになったんでしょうか？」

医師が口元に笑みを浮かべて言った。

「それはですね。たぶん……」

ユキコの墓参へ行くなど吉乃は考えてもみなかったことだった。大晦日《おおみそか》の夜まで吉乃は墓参に行けるかどうかを考え続けた。正直、ユキコの墓の前に立つのが怖かった。

年が明けて、三日の日に吉乃はユキコの実家に墓参したい旨を書いた手紙を出した。断わられれば、それでよそうと思った。十日後、お待ちしております、という葉書が届いた。墓参の日を書いて返信した。

その日が近づくにつれて落ち着かなくなった。カウンセリングで墓参のことを話すと、医師は明るい声で、学生時代にあのあたりを旅しましたが美しい所ですよ、それに魚が美味《うま》かったな、戻られたらぜひお話を聞かせて下さい、と笑った。

今朝、家を出る時、泣き出してしまいそうな感情が起こった。理由はわからなかったが、それでもともかく出かけようと空港へ行き、鹿児島に着いた。ユキコの実家のある高尾野町《たかおのちょう》までは阿久根《あくね》行きのリムジンが出ていた。

バスはすでに高速道路を下りて一般道路を走っていた。

高尾野駅前とアナウンスが聞こえて吉乃は窓辺のボタンを押した。バスの停留所に一人の老婆が立っていた。ユキコの母である。

「ご無沙汰しています」

「遠い所を……」

そう言葉を交わしたきり二人は黙って歩き出した。途中、吉乃は花屋に寄った。ユキコの実家は川沿いにあった。ユキコの弟という男が挨拶にあらわれ、三人で墓にむかった。時候の話などを陽気に話す弟とは対照的に母親は沈黙していた。その沈黙が吉乃を不安にさせた。

墓は山麓の古い寺の裏手にあった。吉乃の訪問を知ってか墓は綺麗に掃除されていた。吉乃は墓の前に立って手を合わせた。心配していた感情の昂りはなかった。

ありがとうございました、と吉乃は母親に言って、墓地のむこうへ連なる山を見た。

「綺麗な山ですね」

吉乃が言うと、母親が山を仰いで静かに言った。

「あなたにひとつだけ聞いておいて貰いたい話があります。あの山は紫尾山《しびさん》と言いまして、ユキコが嫁にいって三ヶ月だけ戻ってきていた時、毎日、登っておった山です……」

――毎日、山に登っていた？

吉乃は母親が何の話をはじめたのかわからなかった。

「あの山は昔から子を授けてくれる山です。頂上に上宮《じょうぐう》神社があって、そこで祈った女は子が授かります。ユキコはこの弟に途中まで車を運転してもらって、毎日子が授かるようお祈りに出かけておりました。雨の日も風の強い日も休むことは一度もありませんでした。子供の頃から体力がある娘ではありませんでしたが、それは懸命に登っておりました。私はそれが陽さんを授けてくれたと思うとります。そのことだけをあなたに知っておいて欲しいのです」

山の頂きを見ていた吉乃は母親の話が終わると、墓前にしゃがみ込んだ。涙があふれ出したが、泣いている理由がユキコへの後悔なのか、陽一と陽の運命への哀切なのかわからなかった。

「ユキコもあなたの墓参を喜んでるでしょう。ありがとうございました」

吉乃は母親の声を聞きながら首を横に振った。私は許して貰うために来たのではない、と言いたかったが、それが口に出せなかった。泣くだけ泣くと吉乃は立ち上がり、母親に礼を言った。

墓参を終え、三人で歩き出すと、途中で弟が左手の学舎を指さして、あそこが自分と姉が通った中学だと言い、珍しいものがありますが見ていきますか、と訊いた。吉乃が母親の顔を見ると、彼女はかすかに微笑を浮かべていた。

校庭に入ると、校舎の前に冬の陽差しにかがやく向日葵が咲いていた。冬の陽だまりに花は大輪の花片《はなびら》を空にむかって揺らしていた。花芯がきらきらとかがやき、まぶしいほどだった。陽一と陽の笑顔が思い出された。

「主人がこの花が大好きで息子に陽一と名付けました。陽一もこの花が好きで、孫に陽《あきら》とつけたんです」

「ユキコから聞きました」

「ユキコさんは再婚されていたと聞きましたがお子さんは？」

「再婚して二年で戻ってきました。あの子はそこで子を作ろうとしませんでしたから」

「……………」

吉乃は返答ができなかった。

「私はあなたを責めているのではありません。私もあなたも哀しい思いをしたのは同じです。子供を亡くすというのはこの世で一番切ないことですもの……。私は、今、ユキコは一番一緒にいたかった人と一緒におるように思うとります。そう考えると気もまぎれますから……」

吉乃は仲良く並んで咲くように見える向日葵をじっと見つめていた。

飛行機が上昇し水平飛行に入ると、飲み物のサービスがはじまった。

吉乃は前方の座席の袋に入っていた機内誌を手にした。頁を捲《めく》っていくと、右頁一杯にマツイの顔があらわれた。あの笑顔である。

——本当に陽によく似ている。

若者の笑顔が孫の笑顔と重なり、それが学舎で見た向日葵の花に重なった。

——そうね、二人ともまぶしい笑い方をしているんだわ。

吉乃はそうつぶやいてから、自分の気持ちが晴々としているのに気付いた。吉乃はとうとう最後まであの母親に謝ることができなかった。それでも気持ちが爽《さわや》かになっていた。

彼女はもう一度マツイの写真を見直した。

「あらっ、この子にはえくぼがあるのね」

十ヶ月余り、この若者の笑顔を見続けていたのに、えくぼに気付かなかった。そう言えば陽の頬にも可愛いえくぼがあった。

「そうか、えくぼが似てたんだわ」

吉乃が声を上げると、隣りの客が怪訝《けげん》そうな表情で見返した。

吉乃は写真の中の大きなえくぼを指先で撫《な》でながら、ヒデキさんのえくぼ……、アキラチャンのえくぼ……、と胸の中でつぶやいていた。

その時、吉乃の指が静止した。

陽一にも、慎次郎にもえくぼはなかった。吉乃にもえくぼはない。

――このえくぼをアキラチャンは誰から貰ったの？

吉乃はあわてて脇に置いていたハンドバッグから封筒を取り出した。その中には帰り際に吉乃がユキコの母親に頼んで貰ってきたユキコの写真が入っていた。まだ気持ちはふっ切れていなかったが、いつかあのテーブルの写真に彼女の写真を並べられる時が来るかもしれないと、無理に頼んで貰ったものだった。

吉乃は封筒の中から、ユキコの写真を取り出した。そして写真を見つめ、大きく息を吐いた。ユキコの左頬に美しいえくぼがあった。

――こんな美しいものをこの人は孫にくれていたのか……。

そう思った瞬間、膝の上に置いた雑誌の上に大粒の涙が零《こぼ》れ落ちた。

吉乃は隣りの客にさとられまいと、窓の外に顔をむけた。白くかがやく雲の海がゆっくりとにじんでいった。

バラの木

「また、このバラの木を眺める暮らしがはじまったのだわ……」

水木奈津《みずきなつ》は路地の角に立ち止まって、塀越しに枝を伸ばしているバラの木を見上げた。

海からの風に枝を撓《たわ》ませているバラの木は十年前より大きくなった気がする。たしか板塀だった屋敷の周囲が、今は少し高めの立派なコンクリートの塀に変わっているが、五メートルはあろう堂々とした幹を塀越しに伸ばし、枝振りも昔と変わらず見事であった。

ぽつぽつと蕾《つぼみ》が見える。四季咲きのバラだから、この分なら一週間もしないうちに、秋のバラを見ることができるだろう。

奈津の遠い記憶の中に、母のトミコに抱かれて、このバラの木を見ていた情景がある。

それは青空のひろがる中にピンクと白の花が浮かんで、流れる雲が花びらを撫《な》でるようにしていた情景が、夢の中や、昼間に澄んだ空を見つめていると、ふわりと現われるもので、ものごころついた少女の頃からその情景の中に、かすかに母の匂いを感じるのだ。

中学生の時、そのことが気になって母に話をした。

「そうかもしれんとね。母さんもあのお屋敷のバラは好いとったし、赤ん坊のあんたを抱いて何度もあのあたりは歩いたし、バラを見ていた覚えもあるもの……」

と感心したように母に言われた。

話をそばで聞いていた姉の亜紀《あき》は、

「赤ん坊が、そんなこと覚えとるわけがないわ。奈津はそぎゃんなこと言うて、また人の気を引こうと思うとるんでしょう」

と嫌味な言い方をした。

「いや、亜紀ちゃんの時は、忙しゅうてあのあたりに散歩へ行く暇もなかったしね。あんたを毎日、背負うて市場で働いとったしね」

姉に言われて戸惑う奈津に母は助け舟を出してくれた。

「なんで、そうやって母ちゃんは奈津の肩ばかり持つの？　うちばっかり家の手伝いをさせられて奈津には何の用事も言い付けんとね」

勝ち気な気質《たち》の亜紀は、母が奈津を庇《かば》うと口を尖《とが》らせて怒り出した。

「奈津は身体がようないからしかたなかでしょうが……。そなん言うもんじゃなか。あんたは姉さんじゃないの」

母は困った顔をして姉を見ていた。

奈津は生まれついて心臓に欠陥があった。少し走ったり、重い物をかかえて歩くと、心臓が激しく動悸《どうき》を打ち、身体が揺らいでしゃがみ込んでしまう。息をするのも苦しくなる。手術をしても完治しない厄介《やっかい》な心臓だった。九州大学医学部附属病院へ、幼い時から毎月通い続け、学校へ上がってからも体育の授業はいつも見学していた。そのせいか同級生で走るのが得意な子や飛び箱を見事に飛んで見せる子を見ていると、その子がかがやいて映った。自分とはまるで別の生きものが疾走したり、飛んだり跳ねたりしているのだと思った。

奈津は子供ごころに、自分は長くは生きられないのではと思っていた。

小学校へ上がったばかりの頃、身体の具合いを心配して、担任教師が掃除当番を外してくれた。それが同級生の反感を買い、悪口を言われた。奈津は、悪口が耐えられず皆と同じように掃除当番をさせて欲しいと、先生に申し出た。先生はしかたなしに、楽な叩《はた》き掛《が》けをするように言った。それでさえ同級生から嫌味を言われた。奈津は他の子と同じようにバケツに水を汲《く》みにいき、雑巾《ぞうきん》掛けをし、大きなゴミ箱を校舎裏の焼却場へ運んだ。焼却場の前で心臓が早鐘《はやがね》のように打ちはじめ、昏倒《こんとう》した。救急車で運ばれ、十日ばかり欠席した。

その折の夜半、尿意で目覚めた奈津は隣りの部屋から聞こえてきた父と母の会話を耳にした。

「この調子じゃ、あの子は長《なご》うはもたんと違《ちゃ》うか」

「そんなふうに言うと、奈津が不憫《ふびん》です」

「けど、あれじゃ嫁にも行けんがごつ」

「私が、あの子の手足になりますから」

「なして、あんな子が生まれたかの……」

「……」

闇の中から聞こえた父のため息と母の沈黙に奈津は胸を抱いて立ちつくしていた。

——あの子は長うはもたんと違うか。

父の言葉が耳の底に響いて、いつまでも消えなかった。

以来、奈津は自分が長くは生きられないと考えるようになった。

そんな自分が、今三十五歳になり、一人息子の憲一《けんいち》を迎えに、昔懐かしい小径《こみち》をそぞろ歩き、バラの木を見上げている。

この十年という歳月で、奈津は人の何倍も生きたような気がする。憲一がいなければ、夫の拓也《たくや》が死んだあの秋、自分もどこかへ身を投げ、拓也のあとを追っていた気がする。

拓也の笑顔がバラの木のむこうに浮かんだ。奈津は目を閉じた。亡くなって丸二年が過ぎてから、何かの拍子に拓也のことが思い出される。そうすると全裸のまま背後から抱擁されていた夜がよみがえり、身体の芯《しん》が痺《しび》れたような感覚になる。拓也が身体で教えてくれた女の性なのだろうが、一人とり残されたことに泣き出しそうになる。亡くなった当初は憲一を女手ひとつで育て上げるのだと泣く暇もなかった。それが三回忌を過ぎた去年の秋口から、拓也がふいに現われるようになった。

――私はちゃんと生きていけるのだろうか?

夜半、奈津は思うことがある。

妻子ある男性を好きになり、その妻と子から拓也を奪うように二人して博多《はかた》を出ていき、四国へ渡って暮らした。拓也が強引に奈津を連れ去ったと言う人もあったが、逃亡は決して一方的なものではなかった。

勤めていた商社に、妻と子が突然、怒鳴り込んできて、上司や同僚のいる前で、奈津は泥棒呼ばわりされた。うろたえたが、相手の形相と夫のことさえ罵倒《ばとう》するのを見ていて、

――この女にあの人を渡さない。

と決心した。

自分のどこに、あんなに強い性根が隠れていたのだろうか、と奈津はあとから驚いた。

どんなに悪女呼ばわりされても、自分は拓也を守り、添い遂げてみせると思った。

医師から出産は無理と言われたが、懸命に夫と医師を説得し、わずかな確率の中で憲一が生まれた。拓也は喜び、これから親子三人の暮らしがはじまるのだ、と思って

いたが、拓也の病巣が見つかった。

肺癌だった。そんな兆候は微塵《みじん》もなかった。煙草《たばこ》も呑まない人だった。二人で暮らしはじめてからは好きだった酒も、一夜とて深酒をしたことはなかった。臨時採用から正社員に格上げになった工場の定期検診で病巣が見つかった。

医師から病気のことを告げられた日、拓也は家に戻り、寝入った憲一の顔をじっと見つめてから、隣りの部屋で奈津に癌の話をした。

——拓也が死んだ日も、こんなふうに澄んだ青空だった……。

奈津はバラの木のむこうにひろがる青空を見上げてつぶやいた。拓也の笑顔は失せていた。

背後でチャイムが鳴った。

もう高学年の下校の時間である。

奈津はあわてて大通りにむかって歩き出した。

大通りを越えれば憲一の通う簀子《すのこ》小学校である。奈津も姉の亜紀も、この小学校へ通った。

構えこそ以前とは違っているものの、魚屋、八百屋、花屋、散髪屋、美容院、茶舗、仏具店、水道屋、本屋、文房具店……、どの店も奈津が少女の頃から商っていた店である。一ヶ月前に、この街に戻って、通りを歩いた時、どこか見覚えのある老人の顔に、奈津は自分が懐かしい場所に帰ってきたことを実感した。もう二度と帰ることはないと思っていた街に奈津が戻る決心をしたのは憲一がいたからである。五年前に父が亡くなり、母が座骨神経痛を患って思うように動けなくなったこともあるが、憲一を、この海風の流れる街で育てたいと思ったからだ。

校門の前には何人かの母親たちが立っていた。

顔見知りになった母親に会釈《えしゃく》し、奈津は校庭に目をやった。

同じ歳の子供と比べると少し小柄でうつむき加減に歩く憲一の姿は遠目にもすぐわかった。

未熟児で生まれた時は千グラムにも満たなかった。保育器の中の我が子を見て、本当にこの児が育つのだろうかと思った。病院の懸命な保育で、憲一は無事に成長した。手のかからぬおとなしい赤ん坊だった。それが、元々そういう性格だったのか、ものごころつく頃に父親を亡くしたせいか、憲一は引っ込み思案な子供になった。

四国に暮らしていた時も近所の子と遊ぶことができなかった。少し目を離していると、自分の玩具を他所《よそ》の子に奪われ、半べそを掻《か》いていた。奈津は幼稚園へ通いはじめると、毎日苛《いじ》められ、泣いてばかりいる始末だった。幼稚園に迎えにいく度に先生から注意を受けた。

「もっと元気ではきはきするようにしないと、これから先、小学校へ上がるようになってからが大変です。家の中でもお父さんとお母さんが気をつけてやって下さい」

拓也にそのことを話しても、笑うだけだった。

「憲一、パパは子供の時は腕白で、先生のスカートを捲《めく》ったり、友だちとは喧嘩ばかりしとったぞ。叱られてもかまわんから、そうしろ」

拓也が風呂の中で話してきかせても効果はなかった。

小学校へ上がっても、引っ込み思案は直らなかった。なんとか一学期が終わり、夏休みに入った時に拓也の病気が発覚した。奈津は夫の看病にかかりっきりになった。日に日に拓也の容体が悪くなる中で二学期を迎えた憲一が事件を起こした。

担任の女教師に呼ばれた。憲一が教材のパズルを盗んだと言われた。通学のバッグの中身は奈津が毎日揃《そろ》えていたから、そんなことはないはずだ、と教師に訴えた。パズルは学校の机の奥に隠していたと説明された。

「憲一君に盗むという意識はないと思うんですね。けど教材の数が足らないので、クラスの子供に、どこかに忘れていないかしら？　と訊いたら、憲一君の隣りの女の子が、彼が机の中に仕舞うのを見たと言い出したので、憲一君だけを呼んで訊いてみたんです。何も答えてくれないんです。他の生徒には、うっかり忘れていたのよ、と説明はしておきましたけど、それから余計に皆と憲一君が離れてしまうようになったんです」

女教師は困った顔で言った。

「憲一はそんな子供ではありません。決して裕福な家ではありませんが、そんな子供に育ててはいません」

奈津は話していて涙ぐんだ。口惜しさもあったが、夫が病魔と戦っている時に、そんなふうに言われたことが我慢できなかった。

「ですから初めに申しましたように、憲一君に盗む意識はなかったと思うんです……」

そのことは病室の拓也には話さなかった。すでに癌細胞は夫の身体中にひろがっていた。拓也はどんな治療も、辛いという素振りを見せなかったし、看護師が、痛い時は痛いと言って下さい、と言っても、決して口にしなかった。それどころか、憲一が病室に来ると、無理に笑って、退院したらまた飛行場や遊園地へ連れていってやろう、と息子に約束していた。懸命に生還しようとする拓也の気持ちが、奈津にはよくわかった。

十月に入って夫の身体は見る見る痩せ細っていった。

泊まりがけで付添うようになった或る夜、拓也が言った。

「奈津、俺が死んだら、博多へ憲一を連れて戻ってくれ。本当なら俺の口から、奈津を連れ去ったことを、お父さん、お母さんに謝りたかった。籍にも入れることができずにかんべんしてくれ」

その一言で奈津は母を四国に呼んだ。

母は病室に憲一と二人でやってきた。

憔悴《しょうすい》した拓也が母に詫《わ》びようとすると、母は言葉を制して言った。

「田中《たなか》さん、私どもはあなたを恨んではおりません。死んだ亭主も、奈津から送ってきた初孫の写真を見て喜んでおりました。奈津は子供の時から身体の弱い子でした。

とても嫁なんぞには行《ゆ》けんだろうと亭主も私も思うとりました。それが子供まで産んで、一人前の女になれたのは、あなたのお蔭です。私は今日、あなたに礼を言いに参りました。ありがとうございます」

母はちいさな身体を縮めるようにして拓也に丁寧にお辞儀した。

その二日後に拓也は息を引き取った。


校庭にぽつんと立っている憲一の様子がおかしかった。

いつもなら奈津の姿に気付いて、いったん顔を上げゆっくりと歩いてくるのだが、数人の子供に囲まれるようにして、その輪の中でじっと立ちつくしていた。

——何をしてるのかしら……。

奈津は背を伸ばすようにして子供たちと憲一を見た。

いきなり黄色のTシャツを着た一人の子供が憲一の胸を押した。憲一がもんどり打って倒れた。倒れた憲一を他の子供が蹴り上げた。

「やめなさい。ちょっと何をするの、あんたたち……」

奈津は大声を上げて走り出した。

奈津に気付いて、子供たちが四方に散った。

憲一は校庭にうつ伏せていた。じっと動こうとしない憲一を奈津は抱き起こし、四方に散った子供たちを見た。その中の一人の子供が遠くに逃げずに奈津を睨《にら》み返していた。黄色のTシャツで、その子が最初に憲一を押し倒した子だとわかった。

「どうしてこんなことをするの？」

「こいつが俺のポケモンカードを盗んだからじゃ。泥棒じゃ、こいつは」

その子供が足元の砂を蹴るようにした。

「そんなことするわけないでしょう。そうでしょう、憲一？」

奈津はうな垂れて立っている憲一の方を振りむいて訊いた。

「………」

憲一は何も返答しなかった。

「とにかく謝りなさい。でないと承知しないわよ」

「謝るのはそっちの方じゃ」

子供と言い合っている時に校舎の方から一人のジャージを着た小太りの男が近寄ってきた。

「どうかしましたか？」

奈津は指導教諭という男に事情を説明した。

学校にキャラクターカードを持ってくることが禁止されていたので、逆に相手の子供たちが叱責《しっせき》され、迎えにきていた母親たちが奈津に謝ることになった。口では申し訳ない、と言っているが、彼女たちの目には奈津と憲一に対して、あきらかに蔑《さげす》んだ表情が浮かんでいた。奈津は指導教諭が子供たちに事情を訊いている時、憲一に、自分は盗んでなんかいない、と言って欲しかったが、息子は黙りこくったままで一言も言葉を発しなかった。

奈津は憲一の手を引いて、家へ戻ると、近所の駐車場へ行き、母が通院しているリハビリ専門の治療センターにむかった。

ハンドルを握っているうちに、奈津は悔しくて涙が零《こぼ》れてきた。

憲一は助手席に座り窓の外を眺めていた。

——そんなことはしてないって言ってよ。

そう言いたかったが、涙は、息子の潔白を信じ切れない奈津自身の気持ちへの口惜しさもあった。

トミコが通う治療センターは街の山手の城南区の一角にあった。

新興団地がひろがる山裾《やますそ》に大学病院があり、そのそばに去年オープンしていた。

奈津はやや勾配《こうばい》のある径を車で登っていった。このあたり一帯はひと昔前までは山林だった。少女の頃、父に連れられて奈津は、この山林の中にあった池に魚を釣りにきたことがあった。家の中で亜紀と奈津を二人にしておくと、何かにつけて喧嘩になった。人一倍負けず嫌いだった亜紀は奈津を相手に遊びをはじめ、少しでも自分が不利になると奈津を苛めた。

だから休みの日は父が奈津を外へ連れ出した。造船所に勤めていた父は人付き合いが苦手な人で、休日は一人で釣りにいったり、山を散策したりしていた。以前は庭にバラを植え、バラ好きの人が苗木を分けて欲しいと訪ねてくるほどだったらしいが、或る日、突然やめてしまったと母から聞いた。二人の娘に愛情がなかったわけではないのだろうが、独りで過ごすのが好きな父親だった。

だから数度、父と二人で魚釣りへ出かけたのを奈津は今でも鮮明に覚えている。

父は黙ったまま池の水面に浮かぶウキを見つめていた。奈津も父の隣りに座って、半日、ぼんやりとしていた。奈津は父のことが最後までわからなかった気がする。雑木林や竹林があった丘陵も、今は住宅が建ち並んでいるから、どのあたりの池へ出かけたのかはわからなくなっている。

殺風景な眺めである。その景色を憲一は助手席でじっと眺めていた。先刻の出来事が嘘のように穏やかな表情だった。

——博多へ帰ってきたことが、やはりいけなかったのかしら……。

博多へ帰ることを話した時、憲一が珍しく、ここの方がいい、と主張した。

「憲一の大好きなおばあちゃんが待ってるわよ」

憲一はトミコに初対面からなついた。

母が拓也に逢いにきてくれた夜、奈津は台所で食事の支度をしていて、いきなり憲一が大声を出したのに驚いた。

「パパの飛行機」

「そうね。パパの飛行機ね……」

「うん。また見にいく」

奈津は庖丁《ほうちょう》を持つ手を止めて、耳を欹《そばだ》てた。憲一がトミコに話しているのは、その年の春、親子三人して松山の飛行場まで飛行機を見にいき、そこで買ったビニール製のジェット旅客機のことだった。

――やはり血がつながっているのだ。

奈津は憲一と話すトミコの笑顔を想像し、母を松山に呼んで良かった、と思った。

憲一が松山を離れたくない理由が奈津にはよくわからなかった。

「憲一、どうして松山がいいの？」

「……」

憲一は何も答えなかった。

博多へ引っ越す準備が終わって、明日は松山を去るという日の午後、憲一が数時間いなくなった。近所に挨拶《あいさつ》回りをして戻った奈津はあわてて憲一を探した。こころあたりの場所を探したが見つからなかった。途方に暮れていると、ひょっこり憲一が戻ってきた。

「どこへ行ってたのよ。ママ、心配して探してたのよ」

憲一はどこへ行っていたか教えてくれなかった。

奈津は憲一を連れて博多の実家へ帰り、母校の小学校へ転入させた。神経痛で思うように動けなくなっているとはいえ、トミコがいることで憲一は以前より明るくなったように思えた。

治療センターの駐車場に車を入れると、前方に停車した車のドアが開き、一人の大柄な男が降りてきた。車の後部ドアを開いて、こちらに背中を見せている。見覚えのある大きな背中だった。その背中が身をかがめるようにして後部座席から人の手を引いて出てきた。

——そうか、あの人だ……。

奈津はこの治療センターにトミコの送り迎えをするようになって、フロントガラスに映る男が何度かここに、彼の母らしき老婆を抱きかかえるようにして通ってくる姿を見ていた。

男は頭髪も白くなっており、初老を迎えようとしているのがわかった。老婆の方は九十歳を越えているように見えた。彼女は足元が良くないらしく、男は赤児を抱くように彼女をいたわっていた。

——今時、あんな親孝行な人がいるんだ……。

奈津は最初に二人の姿を見て感心した。

老婆が、時折、何事かを男に話しかける時、男はちいさくうなずきながら、その顔にいつも笑みを浮かべていた。待合室でも老婆は足元が痛むのか、顔を歪《ゆが》めて訴えるふうにする。その老婆を見つめる表情がまるで赤児と言葉を交わしているように映る。

二人の姿は微笑ましいというより、そこだけに光が当たっているようなかがやきがあった。親と子の尊厳のようなものが感じられた。

ただ老婆が治療室へ入ってからは、男の表情は急にもの淋しげになった。その変貌が奈津の興味を引いた。二面を大きなガラスで採光している待合室の片隅の席に、男は座り、やや背を丸めて両手を膝の上にのせ、ひろがる丘陵をじっと眺めていた。十分、二十分、男は微動だにしなかった。視線も一点を見つめたまま動かない。男の眼には目前の風景が映っていないことが奈津にはわかった。

——何か違うものを、この人は見つめているのだわ……。

淋しいというより、もの哀しい男の肖像に思えた。

男は三十分すると、立ち上がって外へ行き、煙草をくゆらせた。ガラス越しに映る男の眼も一点を見つめていた。男はまた待合室に戻り、隅の席に腰を下ろした。一時間が過ぎると、男は腕時計に眼をやり、治療室の方に視線を送った。男はやがて老婆が現われると、背筋を真っ直ぐに伸ばし、微笑を浮かべて歩み寄るのだった。

奈津は車を駐車場の端に停めると、憲一の手を引いて治療センターの玄関にむかった。

その時、憲一の右手の甲にうっすらと血がにじんでいるのを見つけた。

「これ、さっき怪我《けが》したの？　どうして言わなかったのよ。痛くはないの」

憲一はこくりとうなずいた。

トミコに逢う時は憲一はなぜかはきはきとする。そんな憲一を見ていると、奈津は自分が母親として失格なのではないかと思ってしまう。

トミコはまだ治療中だった。奈津は待合室の椅子に腰を下ろした。隣りに座った憲一が立ち上がって、ガラス窓に歩み寄り、顔を近づけるようにして外を眺めはじめた。ガラスが汚れてしまう気がして声をかけようとしたら、憲一は窓から離れ、歩き出した。そうして隅の方で立ち止まり、きょとんとした顔で何かを見つめはじめた。あの男がそこに佇《たたず》んでいた。憲一はじっと男を見上げ、ゆっくりと小首をかしげた。男も憲一に気付き何事かを話しかけた。憲一が笑った。それは見たことがないような笑顔だった。奈津は驚いた。引っ込み思案の憲一が見知らぬ相手に笑いかけることなど今まで一度もなかった。

奈津は二人の様子を見ていた。憲一も男のかける言葉に何事かを答えている。憲一はまるで昔からの知り合いのように男に話していた。

――いったい何の話をしてるんだろう？

トミコが治療室から出てきた。憲一を見つけて名前を呼んだ。憲一はトミコをちらりと見て男に大きくうなずいてから、小走りでトミコに駆け寄った。男が憲一の姿を目で追っていた。奈津は男に会釈した。トミコは男の姿を見つけて、どうも、と声を出し、お辞儀した。男は奈津たちに最敬礼した。生真面目な挨拶のしかたに、奈津とトミコはまた頭を下げた。

「約束だよ。オジちゃん」

憲一が男にむかって大声で言うと、男が笑ってうなずいた。

憲一を寝かせて、奈津は風呂に入った。

髪を洗った。拓也が死んでから、奈津は長く伸ばしていた髪を切った。もう人に恋をすることはないと思った。

明日、長浜の中央鮮魚市場へ事務員の面接へ行くことになっていた。

リンスをした髪にシャワーの湯をかけると、しゃがみ込んだ足元のタイルに湯が渦巻いて排水口に流れていた。左の足の指間に脱け毛が絡んでいた。その髪の毛を見ているうちに、拓也を病院の風呂に入れてやった日のことがよみがえった。放射線治療が一段落して、少し元気になった時だった。長い間、風呂に入っていなかった拓也の身体を洗い、背後からシャワーの湯をかけてやると、天国だな……、と夫がぽつりと言った。痩せ衰えたせいで背中の肩胛骨《けんこうこつ》が浮き上がっていた。奈津はそっと背中にふれた。鼻歌を歌う拓也の声が風呂に響いていた。頭を洗おうと湯をかけると、黒いものが夫の背中を流れた。奈津は目を見張った。それは頭髪だった。強い抗癌剤のせいだ。あわてて背中に付いた髪を流し、シャンプーを頭にかけた。指先でそっと髪を梳《す》いているだけなのに、奈津の指間にたっぷりと脱けた髪が絡みついた。拓也は何も感じていなかった。次から次に髪が流れ落ちた。奈津は拓也に気付かれぬようにタイルに付いた髪を足先で排水口へ寄せた。

「退院したら、奥道後の温泉へ行こうな。松山に来て十年近くにもなるのに温泉にも行ってないものな……」

拓也の言葉に、そうね、憲一が喜ぶわ、と返答しながら、奈津はあふれ出した涙を手の甲で拭った。拓也が背を反らして顔を奈津にむけた。顔が笑っていた。排水口に髪が詰まり、足元に湯が溜まりはじめていた。奈津は足先で排水口を掻きながら拓也の目を見た。少年のように澄んだ瞳だった。拓也の手がシャワーを持つ奈津の手を握り、引き寄せた。奈津は泣いているのをさとられぬように目を閉じて、ゆっくりと顔を寄せてキスをした。キスをしながら足先で排水口を掻いていた……。

――どうしてこんなことを思い出してしまうのだろう。

奈津はつぶやきながら、頭にシャワーをかけた。流れ落ちる滴《しずく》の中に、病院の風呂で奈津を見上げて笑っていた拓也の顔と瞳が揺れた。奈津は知らぬうちに嗚咽《おえつ》していた。

風呂から上がると、居間に母が座っていた。

「どうしたの母さん、また痛み出したの？」

「そうじゃないわ。今日は具合いはいいの。何だか目が覚めてしまって……」

「そう」

「おまえ、目が赤いけど?」

「えっ、ああ、これね。シャンプーが目に入っちゃって……」

奈津はあわてて言って、鏡の前に座って顔にクリームを塗りはじめた。

「奈津、無理に働きに出ることはないのよ。母さんの年金もあるし、貯《たくわ》えもあるんだから」

「気持ちはありがたいけど、憲一を進学させたいし……」

「だから大丈夫だって言ってるのに……」

「母さんだって、ついこの間まで働いてたじゃない。働かざる者喰《く》うべからずよ。よし、少し背中を揉《も》んであげるわ」

奈津はトミコの背後に回り、背中をさすりはじめた。

「憲一は今夜、遅くまで起きてたようね」

「うん、珍しく何か興奮してたわ」

「男の子だからね……」

「母さん、本当は男の子が欲しかった?」

「……子は授かりものだもの。あんたたち二人で充分だった」

「亜紀姉さんが亡くなってから五年になるのね……」

「そうね。父さんと同じ年。仲良くあちらへ行ってしもうたものね」

亜紀は嫁先の名古屋で五年前に肺炎で死んだ。夏風邪を引いて寝込んだのだが、一晩で容体が急変し、義父の車で夜半病院へ運ばれ、翌日の昼に息を引き取った。父が亡くなって三週間後のことだった。

「わからないものね……」

「何が?」

「身体が丈夫だった亜紀があんなふうになって、大人になれるかどうかって心配していた奈津が、今はお母さんだもの」

「そうね。けど私、子供の時に父さんと母さんの話を聞いて、怖くなったことがある」

「怖くなったって、何が?」

「子供の時、夜中におしっこしたくなって目を覚ましたら、隣りの部屋でお父さんとお母さんが、私の話をしてたの……」

「へえー、そんなことがあったの」

「その時に、父さんが、私のことを、あの子は長うはもたんと違うか、って言ったの。そうしたら母さん黙ってしまって……。私、父さんの言葉がずっと耳に残って、その言葉を思い出す度に怖くてしかたなかったの」

「それはあんたの聞き間違いよ。父さんはあんたのこと一番心配しとったもの」

「そうかな……。父さんってどこか冷たい人だった気がするわ」

「少し変わっとるところはあったけど、あんなやさしい人は他におらんと……」

「あら、おのろけ。ねえ、二人はどこで出逢ったの？」

「野球場よ」

「えっ、母さん、野球がわかるの？」

「父さんも母さんも馬鹿が付くほどの野球ファンだったとよ」

「知らなかった……」

「知らないでしょう。人間あとになってわかることがたくさんあるのよ。私も父さんのことが今になって少しわかるもの。父さんのすることは皆よくよく考えてのことだったと、この頃、つくづく思うの」

「たとえば？」

「あんたが拓也さんと家を出た夜、探しにいくと言った私に、父さんは、いつか出ていくのが娘だから、好いてついて行ったのなら、それが一番良かろうって……。いずれ帰ってくる日があるって。そうしたら黙って迎えてやろうと言いしゃった……」

母の言葉に奈津は手を止めた。

「あんたが憲一と拓也さんの三人で写ってる写真を送ってくれた時、父さんは拓也さんに感謝しとったのよ。大事にしてくれとるから、あの身体で奈津が子供を産めたのだろうって。どんなにか憲一に逢いたかったか。でもあの人は帰るのを待ってた。ほんとによか男でした……」

そう言って母は吐息を洩《も》らした。

ちいさな背中が少しずつ沈んで、そのまま消えてしまいそうな気がした。

「さあ、母さん休んで」

「そうね……。あっ、憲一が手を怪我しとったね」

「ああ、あれね……」

奈津は母に昼間学校であったことを話し、松山の小学校での教材の話も打ち明けた。

「それで、あんたはどう思っとるね?」

「何を？」

「憲一が本当に盗んだと思うとるのね」

「私？　私は……」

奈津は幼い時、亜紀と二人で小学校の前の文房具店で盗みをして見つかり、父と母にひどく叱られた時のことを話した。

「ああ、そんなことがあったね」

「でもあのあと、姉さんと二人でまた盗みをしたの。盗んだ消しゴムは結局、元に返したんだけど……。私の中に、そんなことをする血が流れてる気がして……」

ホホホッ、母が急に笑い出した。

「何がおかしいの？」

「子供一人産んでも、あんたはまだ子供なんだね」

「どうして？」

「それからあんたは物を盗んだね？」

「してないけど……。拓也さんと一緒になろうとした時、拓也さんの奥さんに泥棒呼ばわりはされたわ」

「それは大変だったね。そう言われても添い遂げたのかね？　たいしたもんね」

「からかわないでよ」

奈津は頬をふくらませた。

「あんたのしたことは盗みとは違う。そうしなければあんたは生きられなかったのよ。憲一のしたことも何か事情があったはずよ。大人も子供も同じよ」

そう言って母はうとうとしはじめた。


週末、鮮魚市場の仕事を午前中で終えて、奈津は治療センターへ行っている母と憲一を迎えにいった。

駐車場に入ると、親子がキャッチボールをしていた。あの男だった。相手の子供を見ると、野球帽を被っていたのでわからなかったが、憲一だった。奈津は驚いて、車から降り、二人を見た。男がちいさく会釈した。憲一が奈津を振りむき、はにかんだように笑った。

「すみません。相手して貰《もら》って……」

「ああ、よかです。憲一君と約束しとりましたから……」

「はあ……」

奈津は怪訝《けげん》そうな顔で二人を見て、センターへ入った。

待合室に行くと、窓辺の席にトミコと老婆が並んで座っていた。二人は駐車場でキャッチボールする憲一たちを眺めていた。

母が奈津を老婆に紹介した。老婆は耳が遠いのか、奈津にむかってうなずくだけだった。

「この間、憲一とあの人が話していたのは、キャッチボールのことだったのね」

奈津が話している途中で老婆が独り言のように話し出した。

「あの子が野球をするのを何年振りかで見ました。ほんに嬉しそうです……」

老婆は目を細めて二人を見ていた。奈津は老婆の言葉の意味がわからなかった。

翌週の日曜日、奈津は憲一を連れて男の家に、グローブと帽子を買って貰った御礼の挨拶に出かけた。

男の妻は奈津のことを知っていた。

「水木さん。よく見えてくれました。主人がお世話になりまして……」

「お世話になってるのは私たちの方でして……」

「いいえ。お父さんに昔、主人がとても世話になりました。お母さんのお加減はいかがですか？」

「ええ、この頃はだいぶ良くなりました。あの、父のことをご存知なんですか？」

「はい。どうぞ、主人が待ってます。憲一君ね。美味《おい》しいケーキがあるわ」

奈津は男の待つ庭へ行った。男は花鋏《はなばさみ》を手に花壇の前へしゃがみ込んでいた。大きな背中と周囲に咲いた花が好対照だった。

男が憲一とキャッチボールをしてくれた日、家に戻って母から男の話を聞いた。

男はかつてプロ野球の花形選手だった。それが八百長事件に巻き込まれ、野球界を追放になった。奈津の父は男の大ファンだった。男が球界を去った日から、父は二度と野球場へ出かけなくなった。それが父の野球ファンとしてのやり方だった。

「あの人はそがんことをする人じゃなか。父さんと同様に母さんも信じとると。あの人の目を見ればわかるもの……」

母は珍しく語気を強めて言った。よほど思い入れがあったのだろう……。

奈津は詳しい事情が知りたくて、新聞社に勤めている高校の同級生に事件の記事を見せて貰った。それは日本の野球界を震撼させる事件だった。花形スターだった男を永久追放することで事件は決着した。三十数年前の話である。

「あの人は三十年間、堂々と生きています。その生き方が、あの人の潔白の証明です」

記者の言葉は奈津の胸に重く響いた。

男は花の中にいる。大きな背中を丸めて、花と話をしているようにさえ見える。

男が奈津を振りむいた。

「やあ、気付かんかったです。よう見えてくれました」

男は手袋を取り、庭のテーブルに歩み寄り、奈津に椅子をすすめた。

「綺麗なお庭ですね」

「いや、素人の造るものですから……」

「あれは、バラですね」

奈津が右手の花壇に見事に咲いているバラを見て言った。

「バラはお好きですか？」

「ええ……」

「あのバラは水木さんのお父さんから譲り受けたものです」

「えっ、父から？」

「はい。もう三十年も昔です。まだ若かった私がつまらないことに巻き込まれて、先の人生が何も見えんようになっていた時です。お父さんは大切にしていたバラを、この庭に運んで下さって、手入れのやり方まで教えて下さいました。お父さんは私に、口をきけなくとも、こうして堂々と咲いているバラに頭が下がるとおっしゃいました。そうして、これから君の本当の人生がはじまる、と励まして貰いました。正直、その時はお父さんが何をおっしゃりたいか自分にはわかりませんでした。何しろ野球しかわからん若者でしたから……」

男はそう言って恥ずかしそうに頭を掻いた。

男の妻が茶を運んできた。

「憲一君は今、仔犬と遊んでますから……」

妻は言って、背後の気配に振り返った。老婆が縁側から降りようとしていた。男は立ち上がって老婆の手を引き、花壇の前の小椅子に座らせた。男は老婆に耳を寄せ、大きくうなずいて、うん、今年もよう咲いたとね、と大声で言った。老婆がこくりとうなずいた。

男は奈津の方に引き返してきた。

「おふくろの日課の、日向《ひなた》ぼっこですわ」

「親孝行でらっしゃるんですね」

「いや、おふくろには迷惑をかけました。辛い思いをさせた息子です」

男は花壇の前に座る老婆を見て言った。

「ただ、私が日本中から罪人呼ばわりされた時、おやじとおふくろだけは私を信じてくれました。おふくろは何があろうと、私だけを信じて生きてくれました。この世に一人でも自分を信じてくれているもんがおるということは、その人の勇気になるものです。おふくろが信じてくれていたから、私はここまでやってこられました」

奈津は男の言葉を聞きながら、小椅子に座って花を眺める老婆を見ていた。花につつまれた、その姿は少女のようにも、可憐な花の蕾のようにも見えた。

奈津は老婆が見ているものがバラの花ではなく、目の前の男の化身のような気がした。

左手から声がして、仔犬と憲一が駆けてきた。仔犬が老婆の方へ尾を振って走り寄る。憲一は仔犬を追い駆け老婆のそばに寄った。老婆がバラの花を指さして憲一に何かを言った。憲一のちいさな背中がじっとバラを見つめている。

「憲一君はよか男になります」

男が言った。

「いいえ、あの子は引っ込み思案だし……」

「いや、キャッチボールをしてみてわかりました」

「あの子、運動神経が鈍いでしょう」

「違うんです。キャッチボールは速い球を投げたり、恰好《かっこう》のいい捕り方をするものではないんでです。憲一君は私に捕りやすいボールを一生懸命投げようとしてくれました。それがキャッチボールの、野球の根っ子にあるもんです。もし憲一君が野球をしたいと言い出したら、させてやって下さい」

「あの子にできますかね？」

「できます。それがあなたのお父さんの夢だったんですから……」

「えっ」

奈津が男の顔を見返した時、憲一が駆け寄ってきて、バラの花壇を指さし大声で言った。

「ママ、パパの花……」

奈津は憲一の唐突な言葉に戸惑うように我が子を見つめた。

駐車場に車を停めて、奈津は憲一と家にむかった。

帰りの車を運転しながら奈津は男から聞いた話を思い返していた。父がそんな人だったとは思ってもみなかったし、憲一のことを男がちゃんと見てくれていたのにも驚いた。

奈津は何もわかっていなかったのだと思った。自分一人が哀しみをかかえて生きていると思い込んでいた……。

「何だか恥ずかしいな、ママ」

憲一に話しかけると、息子は笑って奈津を見返した。大通りを渡って、路地の角を過ぎようとした時、憲一が空を指さして言った。

「パパの花」

ちいさな手が指し示した方角に塀から覗いた屋敷のバラの木があり、そこにいくつものバラが開花していた。

——パパの花って、何のことかしら……。

奈津はまぶしそうにバラの花を見上げる憲一を見た。その途端、夕暮れ、拓也の働く工場へ憲一と二人で迎えにいった情景が浮かんだ。工場の隣りには美しい花が咲くバラの木があった。バラの花の下に立って、拓也が奈津と憲一を待っていた。

奈津は目を瞬いて憲一を見直した。ひょっとして、あの引越しの日に、憲一はバラの木を見に出かけたのではあるまいか。もしそうだとしたら……いや、そうに違いない。この子はそういう子なのだ。

——この子も拓也のことを胸に抱いて生きてくれているのだ……。

目の前の憲一の顔がおぼろに揺れた。涙が零れ出していた。奈津はぼやけそうになる憲一に手を差し出し、その場にしゃがみ込んで我が子を抱擁した。

川宿

葛西《かさい》の斉藤清次《さいとうせいじ》の家に、珍しい客が訪ねて来たのは、八月も終わろうとする、或る朝のことだった。

「こんにちは、こんにちは、いらっしゃるかしら……」

よく通る女の声だった。声がした時、清次は裏の縁側で、朝顔の種を殻《から》から揉《も》み出していたところだった。

今年は短い梅雨が明けると、いきなり三十度を越える暑さで夏がはじまったから、どの朝顔もあわてて開花したように思えた。その分、花も小振りで、手の中の種もちいさい。種がちいさいから、来年の花が貧弱かというと、そうでもない。ちゃんとかたちも、花の色具合いも良いものが咲く。しかも思わぬ見事な朝顔が小粒の種を蒔いた夏に開花することもある。

それが人間と似ているような気がする。要は種ではなく、土であり、気候であり、育ててくれた環境なのだろう。

二度、三度続いていた声が途絶えた。

どうせ老人の独り暮らしを役所で調べて、何かの勧誘に来た女だろう。あの連中が勧めるものは、ほとんどが金儲けの話か、墓や骨壺、遺影写真といった、死んだ後のものである。

数えで七十歳にもなって、金を儲けてどうしようというのか。死んだ後で恰好をつけてどうしようというのか。どいつも皆小悪党面《こあくとうづら》して、端《はな》っから魂胆が見える。相手の人相を見ただけで心中がわかる。だから、この頃は人の声がしても放っておくことにした。面を見たくない。

「なにさ、いるんじゃないの、清さん」

左方の躑躅《つつじ》垣のむこうからいきなり声がした。

見ると緑の葉の上に首だけが載った、白い顔が清次を睨《にら》んでいた。見覚えはあるような気がする。

――はて、この女は誰だったか？

「なにを幽霊に出くわしたような顔をしてんのさ。私よ。松島のカナエよ」

女は拗《す》ねたような表情をして言った。

――松島のカナエ？　ミズエではなくて、カナエ……。そうか、ミズエは、とうの昔に死んでしまっているから、姉のカナエだ。

「まだ生きてたのか……」

清次は口の中でもぞもぞと呟いた。

「さっきから何回声をかけたと思ってるの。もう耳がいけないのかい、清さん」

「ちゃんと聞こえていたよ」

「あらっ、そうなの。偏屈なのは、昔と変わらないってことね。十七年振りに逢いに来た幼馴染《おさななじ》みに冷たいじゃないか」

カナエは躑躅垣を回って縁側に座ると、持っていた日傘を三和土《たたき》に立て掛け、手にしたハンカチで鼻先の汗をおさえ、片方の手で帯をゆるめるようにしごいた。

蘭の花か、大きな花びらを染め抜いた紗《しゃ》の着物に絽《ろ》の帯が、八月の陽差しの中でまぶしくかがやいている。向島《むこうじま》で、一、二と言われる料亭の女将《おかみ》なのだから、それなりのものは着ているのだろう。

「ここらも来る度に変わるわね。私が子供時分には汐《しお》の香りがしたものだけど……、独り住まいでも綺麗にしてるんだね……」

カナエは家の中を覗き込んでいる。

「それで何の用だ？」

「なによ、その言い種《ぐさ》は……」

カナエは怒ったように唇を突き出したが、急に草履《ぞうり》を脱いで縁側に正座し、口から出て来たのは、厄介な頼み事だった。

縁側の板についた指が細くちいさくなっていたのを見て、

——この女も歳を取ったのだ。

と思った。

清次は鰻《うなぎ》捕《と》りの籠を川へ仕掛けに行きがてら、カナエをバス停まで送った。

「まだ、そんなことをしてるの。中川で鰻が揚がるの？」

並んで歩きながらしゃべり続けるカナエに清次は何も返答をせず、バス停で別れた。

川へむかって歩く清次の背中に、カナエは何度も声をかけた。

「先生を助けると思って、お願いよ、清さん。後生だから頼まれてよ……」

九月の中旬を過ぎた日、清次は花川戸《はなかわど》から言問橋《こといばし》を風呂敷包みを手にとぼとぼと渡って行った。

あれからカナエは二度も葛西へやって来て、清次に頭を下げた。暑い中を三度も足を運んで来たカナエに根負けして、清次は今、向島へむかっているのではなかった。

小嶋治輔《こじまはるすけ》。カナエの口から、その名前を耳にして、清次は忘れていた時間がよみがえり、治輔に逢ってみたいと思った。

十五年前に鍛冶屋《かじ》を廃業してから、それまでの生活もそうだったが、清次はテレビも新聞もいっさい見ないで暮らしている。小嶋が、今どんな仕事をしているのかまったく知らなかった。

小嶋治輔は洋画壇の大御所だった。あの当時でさえ、ぶらりと葛西にやって来て、住みはじめた変わり者の男が、フランス帰りの新進気鋭の画家、小嶋治輔とわかり、黒塗りの外国車が葛西の砂利道を疾走して、治輔が泊まっていた旅館に表敬訪問していたほどだ。

偉い先生であったのだろうが、清次にとっては、朴訥《ぼくとつ》で酒好きな治輔でしかなかった。

清次は橋の中央で立ち止まって、隅田川の下流を眺めた。

吾妻橋の方から遊覧船が音もなく近づいて来る。船の波紋が川面を裂くように両岸へひろがっていく。その波紋に四十年前、初めて治輔が清次の仕事場に現われた冬の日の、あの少年のような眼差しが重なった。

「何か用か？」

旅館の浴衣の上に縕袍《どてら》を着て、首に赤いマフラーを巻き、革靴を履いた恰好で鍛冶場を覗き込んだ男に清次はぶっきら棒に言った。

「見物していいかな……」

白い歯を見せて笑いかけた目が赤児のように澄んでいた。清次は男から目を離して仕事を続けた。男は夕刻まで表にしゃがみ込んでいた。

翌日も、翌々日もやって来た。何が面白いのか、朝から夕刻まで飯も食べずに居続けた。五日目の昼、清次は男に握り飯をやった。男は美味《うま》そうに握り飯を頰張り、

「昨日から作っている、それは何だ？」

と訊《き》いた。

「川船の錨《いかり》だ」

「どうして、そんな形をしてる？」

「船をゆっくりと流すためだ」

「なるほど……」

言葉を交わすようになって、男は名前を名乗り、或る夕刻、一升壜を手にしてやって来た。その夕刻から仕事が終わると、二人で酒を酌み交わすようになった。同じ歳恰好に見えたが、治輔はみっつ歳上だった。清次が非礼を詫びると、

「かまわない。治輔と呼んでくれ」

と笑って言った。

旅館の女将がやって来て、治輔は偉い画家の先生だから失礼がないようにと、父の権三《ごんぞう》に言ったが、偏屈な父は清次に、仕事の邪魔になるなら追い返せ、と不機嫌に言った。

「じっと見てるだけだから邪魔にはならない」

清次は父に言った。

「治輔さんは仕事をしないのか？」

清次が訊くと、治輔は赤い顔で答えた。

「見ることが仕事だ。毎日、懸命に私も仕事をしてる。清さんと同じだ。それに、私は、ここが好きだ」

「そういうもんか……」

自分より年長者であったが、清次は治輔を可愛いと思った。

——それに、私は、ここが好きだ……。

耳の奥で、遠い日の治輔の声が響いた。その声を掻き消すように、女の甲高い声が聞こえた。カナエの声だった。

「一年前から誰とも話をしなくなったのよ。長年いるお手伝いさんにも、一言も口をきかないの。このままじゃ、枯れ木になって朽《く》ちてしまう……」

頼み事というのは、清次に治輔と逢って貰い、話し相手になって欲しいということだった。それくらいならかまわないと思っていた清次に、カナエは厄介な注文を出した。

「俺が絵を？」

「そうよ。そうして欲しいの。清さんが先生に絵を習いたいって申し出て貰いたいの」

「なぜ、そんなことをしなきゃならない」

「なぜでもいいから、そうして頂戴。先生を助けると思って……」

手を合わせて頼むカナエに、清次はそんなことはできないと断わった。それでもカナエは引かなかった。

「カナエ姉さんはいったんそうと思ったことは必ずやりとおす人だから」

何十年も前に妹のミズエから聞いた言葉がよみがえった。この性格が田舎の魚屋の娘を、向島の料亭の女将にまでさせたのだろうと清次は思った。

清次が治輔に逢うのを承知し、カナエの言うことを一応口にしてみる気になったのは、彼が治輔と或る約束をしていたからだった。

小嶋治輔の画家としての仕事の中で〝葛西時代〟と呼ばれる作品群がとりわけ評価が高かった。その中でも清次をモデルにした〝半裸の鍛冶屋〟と、後に治輔の妻となったミズエを描いた作品が彼を大画家にした。

カナエの声を耳にして、清次は凭《もた》れかかっていた橋の欄干《らんかん》から離れ、治輔の屋敷がある向島にむかって歩き出した。

鷗《かもめ》が二羽、言葉でも交わしているのか、啼《な》き合いながら清次の頭上を越えて行った。

治輔はまったく口をきかないわけではなかった。

ただ清次が知っている治輔と、目の前の籐の椅子に身体を埋めた治輔は別の人間に思えた。

「治輔さん、ずいぶんとひさしぶりだな」

「うん」

治輔は喉の奥から低い声を出して頷いた。

二人はしばらく黙ったまま庭を眺めていた。広大な敷地を持つ屋敷だった。築山《つきやま》のむこうに茶室が隠れた見事な庭園であった。

――やはり俺たちとは仕事の格が違っていたのだ。

清次はあらためて治輔の仕事に敬意を抱いた。たとえ五年の間とは言え、無遠慮につき合っていたと思った。しかし清次は治輔を見た時から、

――この男は変わった……。

と思った。

どこがどう変わったのか上手く説明はできないが、治輔の中にあった熱気や自分にはなかった品格のようなものが失《う》せてしまっている気がした。かつて自分がこの男に嫉妬を抱いたことさえが嘘のように思えた。それが少しずつ腹立たしくなってきた。

清次は適当な時刻になったら、ここを引き揚げようと思った。

——やはり余計なことに首を突っ込まぬ方がよかった……。

沈黙がいつしか庭先で鳴く蟬時雨《せみしぐれ》の音色を大きくさせていた。

障子戸のむこうから女の声がした。盆に茶を載せたお手伝いの女性が入って来た。清次の前の器にはまだ茶が入っていた。

「いや、もう結構だ。そろそろ引き揚げますから」

清次が言うと、

「酒を持って来てくれ」

治輔が籠《くぐも》ったような声でぽつりと言った。女性は驚いたように治輔を見返した。

治輔はこころ持ち清次の方に顔をむけて言った。

「少しつき合ってくれ」

清次は頷いて、女性に、冷酒《ひやざけ》でいいから、と注文した。

「ひさしぶりに葛西の鰻を見た。あっちは変わらないかね？」

治輔は庭を眺めたまま清次の持って来た鰻の話をした。

「昔の葛西はもうなくなった」

「葛西もそうか……」

治輔はため息を洩らした。

酒徳利が二本運ばれて、清次は治輔に徳利を差し出した。盃を受ける治輔の手元はしっかりしていた。注《つ》ぎ返そうとする治輔を制して、清次は独酌で盃を満たした。何も言わず盃を上げて、二人は酒を一気に飲み干した。二人は黙ったまま庭を眺めていた。

女性が入って来て、もう少し召し上がりますか、と訊いた。うん、と治輔は背中をむけたまま、先刻よりはっきりとした声で返答した。清次も女性を見て頷いた。

酒が来て、互いに独酌で飲み続けた。頭上でエンジン音がした。ヘリコプターでも飛んでいるのだろう。遠ざかる音を追うように空を見上げると、澄んだ空に白い昼間の月が浮かんでいるのが目に止まった。

その月を眺めているうちに、清次は、こうして黙りこくったまま治輔と酒を飲むのが、初めてではないことを思い出した。

――そうか、あれから俺たちはずっと黙って酒を飲んでいるのか……。

治輔が葛西を出て行く前夜、二人で、中川の河原で言葉も交わさず別離の酒を飲んだことがよみがえってきた。

――あの晩は、二人とも何も言い出せなかったのだ……。

苦い酒だった。あとにもさきにも、あんな苦い酒を清次は飲んだことはなかった。

その日の昼間、ミズエが清次の仕事場に来て、明日、葛西を出て行く、と告げてから、「ごめんなさい」と涙声で言い、走り去った。

事情はなかば察していたが、ミズエの涙ではっきりとわかった。色恋沙汰に疎《うと》い清次でも、二人の様子がおかしいことは一年も前から気付いていた。別にミズエと結婚の約束をしていたわけではなかった。先に芸妓に出た姉のカナエに無理矢理連れ出される恰好で向島へ行ったミズエは二年もしないうちに葛西に戻って、実家の魚屋を手伝っていた。このあたりでは飛び切《とき》りの器量良しであった。言い寄る若者も多かったが、姉と違って内気なミズエは子供時分から兄のように慕っていた清次にだけは気を許していた。

清次もできることなら、ミズエを家に迎えたかったが、父の権三が三年前から厄介な病いで寝込み、治療費から付き添いの女の手当まで鍛冶の仕事でやりくりしなくてはならなかった。葛西では繁昌している商家の娘が鍛冶屋の嫁になるとは思えなかった。それでも二人は時折、浜へ出たり、浅草へ遊びに行くこともあった。清次にとってミズエは唯一こころが安らぐ存在だった。ミズエの気持ちも清次にはたしかに伝わっていた。

治輔とミズエが逢ったのは、清次の家だった。治輔はミズエをモデルに何点かの作品を描いた。その二人が連れ立って出かけている姿を見たという噂を耳にし、治輔本人も清次のもとにあらわれる日数が減りはじめた。

治輔には妻と子供がいた。葛西まで妻子が訪ねて来たことは一度もなかったが、二年前、上野の美術館へ治輔の展覧会にミズエと連れ立って出かけた折、ちらりと治輔の家族を見たことがあった。

「先生は子煩悩なのね」

帰りの電車の中でミズエが話していた。

その二人ができてしまうとは思わなかった。

二人が葛西を出てからほどなく、事情を説明に来たのは、姉のカナエだった。

「俺は別に何とも思っちゃいねえ」

清次はカナエの顔も見ないで言った。

「それはわかってるけど、ミズエは清さんを実の兄さんみたいに思っていたから、あの子が今は先生にちゃんとして貰って幸福にしていることを伝えようと思ってね。いずれ遊びに来て欲しいって言ってたわよ」

遠ざかる草履の音を打ち消すように、清次は台の上の鉄にハンマーを振り下ろした。

ミズエが一年もしないうちに病死したことを、清次は近所の者から聞いた。清次は余計に治輔を恨んだ。


「鍛冶屋の方はどうだ？」

遠い記憶を辿《たど》っていた清次は治輔の声に夢から覚めたように顔を上げた。

治輔が清次をじっと見ていた。酒のせいか頬が赤く染まっていた。正面から見直すと、治輔の顔には無数のシミが浮き上がって、顔や口元には深い皺が刻まれていた。

——この男も歳を取ったのだ……。

「清さん、鍛冶屋の方はどうだい？」

「とっくに廃《や》めちまった」

「そうかい……」

治輔はゆっくりと頷いた。

「治輔さんも絵を描いてないそうじゃないか」

「絵はもう描く気がしなくなったよ」

治輔はそう言って自嘲するように口元をゆるめ、盃の酒を舐《な》めて言った。

「清さんもやる気がなくなったのかね？」

「……」

清次は返答しなかった。

黙っている清次に治輔が酒徳利を差し出した。清次は、目の前の酒徳利だけを見つめたままはっきりと言った。

「あんたの仕事はその程度のもんだったのか……」

酒徳利がピクリと動いた。

清次は川沿いの道を家路にむかいながら、どうしてあんなことを口にしてしまったのか、首をかしげた。

たしかに昔、清次は治輔と、そんな会話を交わしたが、それが本気ではなかったことはわかっていた。

治輔が葛西に来て半年が過ぎた頃、酒の席で治輔が、一度熱い鉄をハンマーで打ってみたいと言い出し、清次は、その希望を叶えてやり、二ヶ月近くかけて治輔は文鎮をこしらえた。その礼にと、冗談半分で、清次は絵を描くのを教えて欲しいと言った。清次の申し出を治輔は本気にし、翌日、水彩の絵具を買って訪ねて来た。しかし清次は、それを断わった。素人《しろうと》が恐れ多いことを口にしたことを詫びた。

「清さん、絵に玄人《くろうと》も素人もないんだ」

「いや違う。治輔さんの、あの文鎮は素人のものだ。俺はあんたに、この仕事場を使わせたことをおやじにひどく叱られた。おやじの言うとおり、仕事はそんなもんじゃない」

その一言で話は断ち切れた。

それをどうして今さら口にしたのか。

「絵はもう描く気がしなくなったよ。清さんもやる気がなくなったのかね?」

治輔の言葉に腹が立った。

——そんな生半可《なまはんか》な事情で俺が仕事を廃《や》めたとでも思っているのか。

と怒鳴りつけてやりたかった。

仕事を続けようにも、鍛冶屋の仕事が世の中から失せてしまったのだ。まさか、こんな世の中になるとは清次は思ってもみなかった。清次を鍛冶屋にさせたのは、川漁師の父だった。三人の息子の末っ子の清次が、半農半漁の家に居ることはできなかった。それで父は息子を小岩の知人の鍛冶屋に修業に行かせ、十年務めて独立させた。敗戦の後の昭和二十年代は夜通しハンマーを打ち続けるほど仕事があった。それが四十年代を過ぎてからおかしくなった。同業者も次々に廃業し、最後まで残った清次も十五年前に鍛冶屋を閉じた。

やる気も体力もあったのに仕事が失くなった。それを治輔は、仕事をやる気がなくなったと言ったが、絵を描くことは、その程度のものだったのかと、無性に腹が立った。唐突に、それなら素人の自分がやってみてもかまわないと思った。

「俺に絵を教えてくれないか?」

それを口にした時、治輔はしばらく清次を見てから、いいでしょう、いつからでも来て下さい、と平然と言った。

——俺はまだミズエのことで、あの男を許してないのかもしれない……。

清次は立ち止まって、川面を見た。

昼間、治輔の屋敷で見た月が川面に光の帯となって揺れていた。


白い画用紙が一枚、目の前に立てかけたイーゼルの上にあり、その脇に水彩絵具が置いてあった。

清次はイーゼルの前の椅子に座らされた。

「何か描きたいものはあるか?」

治輔がアトリエの中央に立って言った。

「はあ……」

清次は真っ白な画用紙を見つめたまま顔を顰《しか》めた。

「何でもいいんだ。自分が綺麗だと思うようなものでも、いい。たとえば花でも……」

――花か……。

もう一度見つめた白い画用紙に花が浮かんだ。

「朝顔はどうだろう……」

「朝顔か、それにしよう。今の時期は朝顔はないだろうが、清さんの見た朝顔を思い出して描いてごらん。描いた頃にまた来よう」

それだけ言って治輔はアトリエを出て行った。

三時間経っても、画用紙は真っ白のままだった。清次の中に、朝露に濡れて咲く庭の朝顔はたしかに見えるのだが、それを画用紙の上に、いざ描こうとすると、手が動かない。学校で絵を描いたことはあったが、その時は何も考えずに描いていたのか、ともかくどうしていいのかわからなかった。

アトリエの背後のドアが開いて、治輔が入って来た。治輔は真っ白な画用紙を見て言った。

「どうした?」

「よくわからないが、描けない」

「何がわからない？」

「何がわからないかも、よくわからんのだ。こんなことを治輔さんに頼んだことが間違いだった……」

「そんなことはない。なら私が描いてみよう」

治輔は言って木炭を取ると、清次の傍らに立ったまま目の前の画用紙に朝顔を一輪さらさらと描いた。花びらのかたちといい葉の折れ具合といい、炭だけで描いた治輔の朝顔に、清次は色味まで思い浮かべることができた。

清次は目の前の朝顔を見て、大きくため息を洩らした。治輔は、その画用紙を勢い良く剝《は》ぎ取って言った。

「これは私の朝顔だ。清さんの朝顔じゃない。絵を描くということは、その人のものを描くしかない。上手く描こうとしないことだ。絵に上手いも下手もない。今日はこまでにして、次の時は朝顔を用意しておこう。それを目で見て描けばいいかもしれない」

「今の時期、朝顔は咲いていないだろう」

「花屋に頼んでみよう。手に入らなければ一年待てばいい。むこうに酒を用意してある」

二人は黙って酒を飲み、清次は礼を言って屋敷を引き揚げた。

次に屋敷へ行くと、どこで手に入れたのか、アトリエに鉢植えの朝顔が置いてあった。

半日かかって描くには描いたが、清次は自分でも呆れるほど拙《つたな》い朝顔を渋い顔で眺めなくてはならなかった。

「うん、よく描けている」

「お世辞は言わないでくれ」

「お世辞じゃない。この朝顔は清さんの朝顔だ。肝心なのはそれだ」

「そんなものか……」

「そんなものだ」

その日も酒をご馳走になって引き揚げた。

十一月になって、花はバラに代わり、清次は相変わらず、子供のような花の絵を描き続けた。自分でもなぜこんなことを続けているのかわからなかったが、半日絵を描き、治輔と酒を酌み交わし、引き揚げる段になると、治輔は必ず、次に来る日を訊き、と念を押した。

「休まないで来てくれ」

その時の真剣な治輔の目を思い出すと、清次はまたのこのこと向島へむかってしまう。それにもうひとつ、絵を教えている時の治輔が懸命になっているのが清次にはわかるからだった。

それは五十数年前、小岩の鍛冶屋で親方が清次に仕事を教えてくれた時に感じたものと同じだった。厳しい親方で生半可なことをしていると、すぐに拳骨《げんこつ》が飛んで来た。鍛冶屋の腕力は並大抵ではないから、清次の頭や顔は四六時中歪《ゆが》んでいた。

「小手先でやるんじゃない。頭でこしらえるから半端《はんぱ》なものしかできないんだ」

「上手くなんかなくていい。一生懸命に清さんの絵を描けばそれでいいんだ」

言い方は丁寧でも、根は同じことを言われていた。

向島通いも三ヶ月になり、清次はそろそろ治輔の手を煩《わずら》わせるのを、これくらいにしようと思った。この三ヶ月、治輔はいっこうに仕事をする気配はなかった。

清次は治輔に、これで仕舞いにしたいとはっきり申し出た。治輔は清次の顔を見て言った。

「そうか。ならもう一度来て貰えないか。それで終わりにしよう」

十二月二十日が、治輔と約束した最後の日だった。

その三日前の朝、カナエが小雨の中を葛西にやって来て、嬉しそうに礼を言って帰った。

「先生がやっと筆を持たれたようよ。これも皆、清さんのお蔭だわ。本当にありがとう」

それを聞いて、清次は喜んだ。

当日、少し早目に屋敷を訪ねると、お手伝いの女性が現われて、治輔は出かけていて、ほどなく戻るので待っていて欲しいと言われた。

治輔が外出したのを聞いたのは屋敷に通うようになって初めてのことだった。

清次は居間のソファーに座って、治輔を待った。女性が茶を運んで来た。

「先生はどこへ行ったんだね」

「谷中《やなか》の墓地にお参りに……」

「そうか……。先生が仕事をはじめたそうだね」

「ええ、よろしゅうございました」

女性は嬉しそうに笑った。

「あんたはこの家は長いのかね？」

「はい、二十年になります。よくして頂いて……」

清次はしばらく居間にいたが、今日が最後だと思うと、少しでも長く絵を描きたいと思ったから、立ち上がり、アトリエへむかった。廊下を歩いて行くと、アトリエのある右手の部屋のむこうに、ドアが半開きになった部屋が見えた。そこにイーゼルが立て掛けてあり、絵が置いてあった。

――むこうも仕事場になっているのか。

清次はなんの気なしに、その部屋を覗いた。彼はそこで立ち止まり、目を見張った。


清次は葛西の駅で降りると、駅前の居酒屋へ寄った。

かなり酔いが回っていた。

あれからすぐに屋敷を出て、浅草に行き、居酒屋で酒を飲んだ。いたたまれない気持ちだった。夕刻まで店で飲み、電車に乗って葛西へ戻ると、そこでまた一杯やった。

途中、トイレに立った時、足元が怪しくなっていたので、清次はほどなく店を出た。

すでに陽は落ちていた。海からの冷たい風が火照《ほて》った顔を撫でた。清次は川沿いの道を歩いた。浜へ出ようと思った。家に帰る気持ちになれなかった。

あの家で三十数年、清次が思い続けていたことが、愚かな男の恨み事でしかなかったように思えた。

清次は川が海へ流れ込む堤防の突端の階段を降りて行った。

対岸の海辺の空が明るくかがやいている。夜遅くまで賑わっている遊園地の灯りだった。

清次は対岸に繫留《けいりゅう》してある小舟を見ながら、昼間、屋敷のアトリエで見たものを思い出していた。

それは床の上に散らばった何枚もの女性の素描とイーゼルに掛けられた一枚の油彩画だった。

そのすべてが、若い時のミズエを描いたものだった。アトリエの隅に花が活《い》けられ、傍らに額に入ったミズエの写真があった。写真のミズエは仔犬を抱いて笑っていた。それは清次が見たことのなかったミズエの明るく陽気な表情だった。それ以上は見ていられなかった。清次は真っ直ぐ玄関に行き、屋敷を出て浅草の街をうろついた。

街を徘徊しながら、ミズエが死んだのが年の瀬であったことを思い出し、治輔が誰の墓参へ行ったかも察しがついた。

治輔が何年も仕事を休んでいたのも、再開しはじめたのも、すべてミズエが理由であるように思えた。

治輔も悔やんでいたのだろう。おそらくずっとミズエを慕っていたに違いない。だとしたらミズエに恨み事ばかりを抱えていた自分より、治輔の方がはるかにミズエを想っていたことになる。

——つまらない男だな、俺は……。

清次は自嘲するように頭を横に振った。

清次は立ち上がって浜へ出た。足元に打ち寄せた海藻が触れた。彼は波打ち際まで歩くと、靴を脱ぎ、海へ入った。川から流れた水と波がぶつかり、それが渦となり足元に寄せた。

「わからんもんだな、人ってもんは……」

清次は呟いて、水の冷たさに身震いした。彼はゆっくりと海から上がり、靴を拾って堤防にむかって歩き出した。

堤防のむこうに冬の月が浮かび、その真下に一本の木が目に止まった。どこかで見た情景に思えた。

その途端、あの木が欅《けやき》の大木で、かつてそこに川宿があったのを思い出した。あの二人が葛西を出て行く前の、或る夜半、清次は二人がいる川宿まで出かけた。治輔を殴り飛ばしてやりたくもあったし、ミズエを取り戻そうとしたのかもしれない。治輔の部屋は川へ突き出した離れの二階だった。清次は岸辺から、部屋を睨みつけた。すると障子戸が開き、ミズエが窓の桟《さん》に凭《もた》れかかるように川面を見はじめた。切羽詰まったような顔をして目を落としているミズエを清次は見つめた。思いつめた様子に声がかけられなかった。やがて治輔があらわれ、ミズエはこくりと頷いて障子戸を閉じた。その寸前、ミズエは手を止めて、もう一度川を見た気がした。あの数秒の時間が、ミズエのためらいと思い込んできたことが、清次のたった一度の恋のすべてだった。だから独り身でとおしてきた。

部屋の灯りが消え、ミズエは闇のむこうへ行ったのだと思っていたが、昼間、治輔のあのアトリエの絵を見て、写真の笑顔を目にして、二人にもまぶしい時間があったのだと、清次は思った。

どこからか笑い声が聞こえてきた。周囲を見回したが、人家はなかった。欅に目を戻すと、川宿は失せていた。その笑い声がカナエの声に思えた。

――ひょっとして、これはカナエと治輔の仕組んだ芝居では……。

と思ったが、そんなことはどうでもいいように思った。

裸足《はだし》のまま堤防を歩きはじめると、遊園地の上空に花火が上がった。清次の目にまぶし過ぎるほど、あざやかな色彩だった。

解説

池上冬樹（文芸評論家）

哀しみはすべてかたちが違う。――

収録された短篇を読みながら思い出したのは、伊集院静の右の言葉だった。東日本大震災の時に伊集院静の仙台の自宅の掃除をしてくれるおばさんの娘さんが、名取市閖上で津波に飲み込まれて亡くなった。遺体がなかなか見つからなかったが、三カ月後、ようやく見つかり、家人が線香にあげにいくと、おばさんは、「うちはまだ見つかったので本当にありがたい」と述べたという。そしてこう続ける。「一人娘を亡くした哀しみよりも先に、感謝の言葉があった。／私はそこに、日本人の哀しみへのむき合い方があると思う。はかりしれない哀しみを胸に抱いていても、それを全体で捉えることができる」という文章のあとに、右の言葉が出てくる。「哀しみはすべてかたちが違う。／（略）哀しみのただ中にある人の一面だけを見て、哀しみをわかったような気になってはならない。哀しみとは多面的なものであるから」というのだが、まさにそうだろう（引用は『それでも前へ進む』所収「人生は哀しみに満ちている」より）。

本書の帯には、「小説は哀しみにくれる人を救うことはできない。ただ寄り添うことはできる」という言葉があるが、これは編集部によると、東日本大震災で伊集院さん自身が被災した直後に、密着番組に出演された際に発言された言葉だという。それに感銘を受けた編集部が、大震災から十二年、新型コロナ禍、ウクライナ戦争と人の命が突如として失われる現実を生きる人々に向けて、なにか寄りそう形の物語を集めることができないかと考え、作られたアンソロジーが本書だという。

短篇の出典をみると、『三年坂』（講談社、一九八九年）『乳房』（講談社、一九九〇年）『受け月』（文藝春秋、一九九二年）『眠る鯉』（文藝春秋、二〇〇三年）『駅までの道をおしえて』（講談社、二〇〇四年）『ぼくのボールが君に届けば』（講談社、二〇〇四年）など初期の作品集から採られている。近年は長篇が多いので、久々に短篇の名手の世界を味わうことができてなつかしさを覚えるファンも多いかもしれない。

では、さっそく個々の作品を見てみよう（括弧内の作品は出典をあらわす）。

まず、冒頭に置かれているのは「夕空晴れて」（『受け月』）で、五年前に癌で夫・悟を亡くした由美と、十歳の息子・茂との生活が綴られていく。浜松の実家へ戻ることも考えていたが、悟と出会って暮らした町を離れることができない。そんな由美が気がかりなのは少年野球に入っている茂がベンチを温めていることで、野球を知らない由美は監督に直談判しようかと迷うのだが、そこで偶然、亡き夫の思いを知ることになる。

これは亡き夫の言葉によって助けられる話だ。自分の知らなかった野球の世界、協力しあい、揉まれ、育まれていくスポーツの世界の話であり、由美はそういうものがあることに気づく。息子とのキャッチボールで終わるが、それは亡き夫とのキャッチボールであり、夫の遺志の確認であり、自らの生き方の確認でもある。どう生きていくのか、何を見て、何を感じて、何を愛していくのか。それが静かに行間から伝わってくる。単なる夫婦や親子の物語にはとどまらない広がりのある感動的な物語だ。

二番目は「くらげ」（『乳房』）で、静岡で酒場を経営する公子と「私」の交流を描いた作品である。公子は、私の大学時代の友人、佐藤幸之助の妹で、一時期、彼女と深い関係になっていた時期もあるが、いまは行方知らずの幸之助の存在について語り合う仲だ。

興味深いのは、公子が語る新しい若い恋人の台詞だろう。兄が死んでいるのか生きているのかと考えるのではなく、もう戻ってこないと考えた方が生きやすいというのだ。これと同じことを作者は別のところで語っている。「人の死というものは二度と会えないということであって、それ以上でもそれ以下でもない」、だから「それ以上に哀しむ必要もないし、それ以下に放っておいて知らぬふりをするものでもない」(『それでも前へ進む』所収「孤独だけが自分が何者であるかを教える」より)と。人の死を喪失ととらえ、哀しんでしまいがちだが、「哀しみは生きていくことのすぐ裏側に」(同)ある。ラストの海月が示すように、死者はそこにいて、言葉を発していないだけなのである。死者を胸に抱いて生き、おりにふれて思い出し、沈黙の会話をして、いまの自分を省みるしかない。

三番目は「春のうららの」(『三年坂』)で、二週間後に結婚式をあげて家を出て行く娘を前にして、母さちえが思い出す亡き夫・英二とのたった一日の新婚旅行の話である。ともに戦争で家族を失った同士が、神楽坂の料理屋で仲居と板前として出会い結婚して、急に休暇をもらって慌ただしく熱海にいく話だが、紆余曲折があり、結果的に忘れられない体験となる。

だが、この話は娘には直接は語られない。語られないけれど、娘の旅立ちへのはなむけになる。自らの過去と人生に思いをはせ、娘の出発の幸福をしずかに祈る姿がほほえましい。とりわけ大胆にそりあげた娘の髪に触れてみるラストシーンが印象的だ。チクチクと痛いような娘の髪は、自分がかつて抱いたような娘のかたい決意をあらわしている。この母と娘の決意の重なりが、力強く胸をうつ温かな作品だ。

四番目は「えくぼ」(『ぼくのボールが君に届けば』)で、六十八歳の吉乃の悔恨の物語である。吉乃は十一年前に夫の慎次郎を癌で失い、八年前に交通事故で息子の陽一と孫の陽を失った。抗鬱剤が手放せない悲しい女性だが、読者は吉乃の悲運に対して同情を覚えつつも、感情移入をすることはしないかもしれない。少し自分勝手すぎるのではないかと思ってしまうからで、とくに陽一の結婚相手に対する冷淡な態度には怒りを覚える女性も多いだろう。
どこからどうみても救いのない小説で、どう転んでもいい話にはならないだろうと思ってしまうのだが、さすがは伊集院静、ちゃんと心ふるわせる展開を用意してくれる。その子細はぜひ本書を読んで味わってほしいが、注目すべきは「人間は許し合うもの」という言葉だろう。吉乃自身、自分の人生を振り返り、ある女性の後を追うのだが、そこでいくつかの事実を知り、許すことになる。いまさら遅すぎるではないかと思うかもしれないが、自分の人生の意味を掴むことは新たな出発につながる。大事なのは、事実から真実を見いだす点だろう。最後に発見する真実は、彼女の生きる糧、生きるよすがとなる。あらたな物の見方、世界の発見は、人生をまるごと更新してくれるのである。

五番目は「バラの木」(『駅までの道をおしえて』)で、十歳の息子・憲一を抱える奈津の物語である。幼いころから心臓が悪く、医師から出産は無理と言われたが、それでも憲一を生み、夫の拓也も喜んでくれたものの、癌が見つかり、二年前に亡くなった。物語は小学校で憲一が盗みをしているのではないかと疑われることからはじまるのだが、結果的に憲一が何をしたのかは書かれていない。しかし憲一の相手を思いやるキャッチボールの投げ方をみれば答えは自ずと出てくるだろう。

ここには堂々と咲き誇るバラが出てくるが、その咲き方がある人物の生き方を示す。ものいわぬ植物の咲き方はそのまま人物の見方・生き方につながる場面に、読者ははっとなるのではないか。最後に「自分一人が哀しみをかかえて生きていると思い込んでいた」と気づく場面もいい。哀しみを抱えながらも、しっかりと前を向いて生きていく姿が何とも美しい。

最後は「川宿」(『眠る鯉』)で、七十歳になる元鍛冶屋の斉藤清次と画家の小嶋治輔の再会の物語である。清次と小嶋は四十年前、五年間だけ親しく酒を酌み交わしたが、清次が愛したミズエが小嶋にとられて終わりになった。四十年ぶりに二人は会い、沈黙の中での酒飲みが始まる。

「絵を描くということは、その人のものを描くしかない」という言葉が出てくるが、その言葉通り、物語は清次そのものを描くことになる。つまり川宿で見たミズエの光景を脳裏に刻み、たった一度の恋を胸にしまって生きてきた男の姿だ。過去の断念を思い、自分の勘違いであったことを知る男の前に、鮮やかな花火があがる。花火が示す、生きることの華やぎと儚さ。誰もが心に抱いているはずの、手にいれることのできなかった美しさを、そっと愛でるかのようなひとときであり、同時に、自分が愛した者もまた確かに生きる華やぎをもち、美しく散ったことを示す。静かな余韻が心地よい作品だ。

以上六篇、いずれも伴侶や兄弟、大切な人がいなくなってしまった主人公たちが描かれている。哀しみを抱きながらも何とか前を向いて歩き出そうとする物語であり、そういう彼らにはかならず出会いと発見があることも描かれてある。「人生で何がしかのことを成し遂げた人たちに共通しているのは、苦悩や不運のどん底にあるような時期でも、後から振りかえって考えてみると、素晴らしい運と出会っていること。人の生きる姿勢であったり、進む道を決めるのは、人との出会い、あるいは何ものかとの出会い」(『無頼のススメ』所収「差し伸べた手にしかブドウは落ちない」より)であるという。そのために必要なのは「無心で何かを見つけようとしている目、手を差し伸べて何かをつかもうとする姿勢」で、それがなければ運は向いてこないというのだが、そのあたりの消息もしかと本書には書かれてあるので、ぜひ読まれるといいだろう。

底本一覧

「夕空晴れて」　『受け月』文春文庫　一九九五年／講談社文庫　二〇〇七年
「くらげ」　『乳房』講談社文庫　一九九三年
「春のうららの」　『三年坂』〈新装版〉講談社文庫　二〇一一年
「えくぼ」　『ぼくのボールが君に届けば』講談社文庫　二〇〇七年
「バラの木」　『駅までの道をおしえて』講談社文庫　二〇〇七年
「川宿」　『眠る鯉』文春文庫　二〇〇五年

双葉文庫

い-54-06

哀《かな》しみに寄《よ》り添《そ》う

伊集院静傑作短編集《いじゅういんしずかけっさくたんぺんしゅう》

2023年 5月13日　第1刷発行
2024年11月19日　第2刷発行

【著者】
伊集院静《いじゅういんしずか》

【発行者】
箕浦克史
【発行所】
株式会社双葉社
〒162-8540 東京都新宿区東五軒町3番28号
［電話］03-5261-4818(営業部)　03-5261-4831(編集部)
www.futabasha.co.jp（双葉社の書籍・コミックが買えます）
【印刷所】
大日本印刷株式会社
【製本所】
大日本印刷株式会社
【カバー印刷】
株式会社久栄社
【DTP】
株式会社ビーワークス

【フォーマット・デザイン】
日下潤一

ISBN978-4-575-52659-2 C0193
Printed in Japan